田可乐

著

你的猫尝起来是甜的

The Sweet Cat is You

北京联合出版公司
Beijing United Publishing Co.,Ltd.

序

所以被宠爱

黄不会

世界上的文字大致分两种。

一种是思考和研究的沉淀物。

这种文字大多带着重量，即使隔着轻薄的纸依旧能感受到文字背后的力量，以庞大的构架格局，凭借字字珠玑的文字叙述与步步惊心的稳健布局来夺人心魄。

另一种是灵魂与感情的分泌物。

这种文字带着强烈的个人特质，透过文字仿佛就能看到作者本身的一些特质，它就像是伏地魔的魂器：将作者本人的灵魂分出来一点点，附着到了文章里。你越是读，就越会被它所感染，最后心服口服，忠诚地拜倒，成为文字的信徒。

田可乐的文字无疑属于后者。甚至在读她的文章的时候，仿佛会看到从字里行间跳出来一个和她一样的小女孩儿：个头不高，梳着丸子头，操着伶俐的重庆话与普通话，叽叽喳喳地妙语如珠。

和田可乐聊天也是大致的感受，她是一个不太安分的姑娘，总是叽叽喳喳地说着，仿佛她天生就是一个出口，小小的身体里装着大大的宇宙，你永远能从她的嘴里、她的文章里、她的叙述里看见小小宇宙的广袤一角，但永远只是一角。

在生活中其实是不太可能遇到田可乐这样的女孩子的。

她身上的部分特质在大部分女孩儿身上不难寻觅——她有小性子，有长久保留的欢脱和一瞬间的阴郁，有炽热的感情和欲望，但有两个特质是很多人身上所没有的——她有趣，而且她活得很明白。

"有趣"大抵是最近被滥用的一个形容词，很多人纷纷标榜自己很有趣。但有趣这个特质并不容易——并不是说会发几个段子并发几个表情包就是有趣的，为了让有趣这个特质不那么滥用，我们不妨来稍稍提高一下标准，并尝试定义一下"有趣"。

仔细观察，我们不难发现，有趣的另外一面是敏感。因为只有足够敏感，才能体悟感受到那些有趣的事情、想法，然后把有趣的事情和想法表达、诉说、制作、玩耍出来。

无趣的人并不是不愿意有趣，并不是没有能力"表达、诉说、制作、玩耍"那些有趣的事情和想法，而是真的"感受不到"。

能敏锐感知生活的喜怒哀乐，并精准表达出来，这是一种天赋。在很多人眼中，"心动"就是"心脏怦怦乱跳"，"流泪"就是"热泪盈眶"，但在田可乐眼里，"心动"是"心脏跳得想要溺水"，"流泪"是"眼泪吧嗒吧嗒地掉，积在水泥地上，掷地有声的银色河流"。

正是对世界保持敏感与好奇，才会有这样的奇妙表述。田可乐的文字，就像是通向隐秘花园的机巧要道，爬过冗长的隧道，是一个女孩儿用想象力构筑的奇妙世界。在这个世界里，有等待从天上掉鱼的北极熊，有每晚孤独的西西弗斯，有欲望弯折的妖冶花朵，也有真实存在的水泥墙壁。

这一切都是基于有趣灵魂构筑的小世界。

田可乐也活得很明白。相比于有趣，活得明白更难得。我们平时生活里看到很多人，包括很多长辈，活了一辈子，实际活得并不明白，活得浑浑噩噩，活得庸庸碌碌，甚至有些人，活得面目可憎。田可乐并不是如此，她是一个活得很明白的人。正因为活得明白，所以在文字里，尽管她描述了千百样的事物，但归根结底还是对自己精神的精湛临摹。

她就像是王小波小说里那个"想吃，想爱，还想在一瞬间变成天上忽明忽暗的云"的王二现实版。在认清现实并决定热爱它之后，田可乐坚定地践行着自己的生活方式，并无论好坏地展现出来。

所以，在现实生活中遇到这样的一个女生并不容易。幸运的是，大家能通过她的文字，和她灵魂的小小分身来做朋友。

或许很多人会觉得不理解，会很疯狂，觉得人生不可以这么不规则地过下去，但田可乐无疑为我们提供了一个人生范例。

就像是有很多天晚上，我们在凌晨三点疯狂说话聊天，聊到人生的狼狈过去、窘迫现实与遥远未来的时候，她忽然聊起很多不切实际却又付诸实践的事情。

她和我说："老黄，你说我是不是有病。我一定是有病。"

我没有回答她，而是点开了黄伟文写的一首歌，歌的第一句写得恰如其分：

"你是有病的，所以被宠爱。"

目录

I

管束的野孩子

笑我这个毫无办法

II
要献便献吻
风花雪月不肯等人,

III

那段盛夏灿烂过，长过一声叶落

IV

生命从未如乐园

V

如果想照耀万人，请加点信心

VI

靠脸书抒发

感情才是意义

后 记

你的猫

啊，

歌颂理想，

歌颂肥胖，

歌颂脂肪。

生活美好得像个黑甜梦。

I

笑我这个毫无办法
管束的野孩子

理想

写得最艰难的一篇作文的题目是——《我的理想》。

那是小学某天的课后作业，童年时期的小孩子可以写的东西太贫乏，除了记录周末做了什么一类的流水账，就是写写形而上的东西，比如理想。回家以后，她把作文纸整整齐齐铺在书桌上，刚提起笔，妈妈就过来了。

她的手在围裙上乱揩两下，眯起眼睛看了看题目，问：

"那你以后想做啥子哪？"

她豪情万丈地宣布：

"卖麻辣鱿鱼！"

校门口有个卖麻辣鱿鱼的老头，生意火爆。他的做法跟别人不同，一般来讲，离海较远的城市出产的海鲜腥气重，制作过程都重麻、重辣，而他只是把鱿鱼穿成串，往浓郁的酱料里一蘸，就可以吃了。外面那层调料只是提味，人们可以明显吃到里层肉质的鲜。

他没有店面，只是推个推车，勉强算个小摊。鱿鱼用竹扦穿起来，吃完肉，要把扦子还给他。孩子们就握一把鱿鱼串，站在他的推车旁边吃，吃完了，就把扦子投进他搁在一旁的塑料桶里。人很多，里三层外三层齐刷刷站着，远远望去，把他的摊位扎成了个巨型海胆。

"你再好生想想。"妈妈心平气和地说。

她跟妈妈面面相觑，咽了一口口水，迟疑道：

"那……科学家？"

妈妈凭借枯竭的想象力否定了她：

"不得行，科学家赚不到钱。"

"工程师？"

这下妈妈满意了，眼睛亮晶晶的，工程师要做的事妈妈不清楚，妈妈只晓得很赚钱。

事实证明，她也一直秉持着"赚不赚钱"这个钢铁原则严以律己。

对于她这种古怪的小孩子，妈妈就像一款高速运作的杀毒软件，精确扫描出她脑壳里冒出来的不那么经济、正确的职业理想，然后挨个儿掐死。她想当超市的广播员，每天耷拉着眼角，瞌睡连天地对着小喇叭喊：

"茄子，特价，一块五一斤……"

她想当小区的保安，穿身灰扑扑的制服，戴顶灰扑扑的帽子，拿起手电筒百无聊赖地穿梭在灰扑扑的楼道间。她想摆个麻辣烫摊子，用大骨熬汤，择质量最好的菜，一揭锅盖，满屋子都是咸鲜味儿。她端坐于中央，如一尊神佛，边数扦子边收钱。

她想逃避一切消耗脑力的职业，赚一点点钱，给自己留条活路即可，像一株植物，敞亮地盛开在赤贫的沙漠里。

妈妈坚决不允许：一来是因为，这些职业的平均工资都没到两千元；二来，她觉得不高级。

众所周知，她妈是个开茶楼的。茶楼算是洋盘的叫法，通俗点叫茶馆，再直白点叫搓麻将的地方。她妈虽学历不高，但心气很高，每当别人说茶馆，她就把脸一垮，正儿八经地纠正说：

"茶楼，茶楼。"

"楼"和"馆"怎么可以归为一码呢？在大家眼里没有任何区别的

两个字，在她眼里就像律师跟法师一样，中间隔了条雅鲁藏布江。她的最大愿望就是，有一天女儿出人头地，给她挣好多好多钱，而且是那种可以很问心无愧地讲出来这些钱是怎么挣来的高级职业，这样她就可以在未来被别人问起职业的时候，蜻蜓点水一般提一嘴她的小茶楼，然后补上一句"不过我女儿是干××的"。

天晓得，她就这么一个小孩要上哪里给妈妈挣这么多钱。

她们走在街上，身旁嗖地驶过一辆奔驰。她咂咂嘴，一脸不屑：

"你看那个外壳，一看就只值三四十万。"

不一会儿，又嗖地过去一辆宝马。她咂咂嘴，一脸不屑：

"宝马 X1 有啥子好开的，早就过时了。"

又嗖地过去一辆凯迪拉克。她来了精神，指着问："哎，这个是啥子车噢？"

小小的姑娘想了想，说：

"国产的，杂牌子。"

妈妈希望她考镇上的公务员，凌晨三点了，还扯起她耳朵上政治课。课堂狭小，内容陈杂，听得她东一耳朵西一耳朵。大人们讲话，无非是用普世价值分析利弊，上台发言似的，在讲之前要清清嗓子，分条逐列一二三四五六七。

她迷迷瞪瞪，听到妈妈念叨着：

"一个月三四千块钱……以后还容易耍朋友……别个男娃娃屋头都喜欢公务员……"

她的眼皮像灌了铅似的往下耷，归心似箭。阀门关闭的前一秒，听到她叹口气，幽幽地说：

"也可以照顾我跟你爸的晚年……我们两个个体户……老了没人照顾会很辛苦……"

她的瞌睡醒了。噢，个体户。

四年级的时候填班里发下来的家庭情况调查表，有一栏是填父母职业。同桌的爸爸是县城人力局的副局长，拿铅笔歪歪扭扭写上"人力局"三个字。她举手问老师，爸爸开药铺，妈妈没工作，要怎么填。老师说都填个体户。同桌是个小男孩儿，童声嘹亮："原来个体户就是没有工作啊。"

老师说，不是，只是没有单位发的福利和保险，到老了还是需要自己赚钱。

握着妈妈的手,她说:"要得,妈,你放心,我考公务员。"没来由地鼻酸堵住了耳膜,她屏住呼吸,借口上厕所,出去狠狠擤了一把鼻涕。

越长大越晓得,当年那么多不切实际的理想,只是对妈妈严苛管教的另一种形式的反叛,到头来发现,她真正在意的,还是这个凶巴巴、爱唠叨、"不落教"的中年妇女,这个跟洋气八竿子打不着的小镇。

风筝在天上凶猛地飞,耳畔的气流叫嚣着"老子不回去了,再也不回去了"。但生老病死这根线细细一牵,它还是会回头。

它总会回头。

匮乏

吃过过期两年的泡面吗？

她吃过。

番茄牛肉味儿，面条筋道爽口，汤汁浓郁，连面带汤稀里呼噜灌进嘴里，酸辣中裹着甜鲜，端端的人间美味。

吃过掉在地上的糯米团吗？

她吃过。

把表面沾了灰的部分掰掉，露出里头犹抱琵琶半遮面的馅儿，有土豆丝、豆腐丁、竹笋碎和猪肉末儿，一口咬下去，糯米柔韧，里馅儿脆嫩，吃完了皮吃净馅儿，嘴里响起婆婆的咀嚼声，仿佛在召唤春天。

吃过撒了半瓶胡椒粉的面条吗？

她吃过。

把汤倒掉，重新添开水，加酱油和醋，末了撒上一把葱花。还是麻，像泥鳅混进了沙丁鱼群，味蕾绽得噼里啪啦，一口吃进一朵烟花。

她还吃过包装袋敞了一周的薯片，酱油掺多了、黑乎乎的炒饭，满当当、油汪汪的四十来个猪油汤圆。友人们都惊讶于她能消化那些他们眼中难以下咽的食物的能力，他们不相信，她是真的觉得味道还挺好。

寄宿在封闭式管理的学校六年，因为离家太远，逢寒、暑假才回家。她在家的日子，父母忙于工作，也极少陪伴她。对于食物的记忆，只有奶奶偶尔做的便饭、廉价的路边摊和日复一日菜色永不更迭的食堂。

过于贫乏的饮食基础赋予了她一条很贱的舌头。她跟江浙一带的友人聊天，他跟她细细讲江苏的美食：羊肉有几种做法，鸭血馄饨的汤头，大黑鱼怎么吃才最鲜。

她老老实实跟他坦白说，都不晓得，被他取笑"一看就是没吃过什么好的"。

印象里最深刻的一餐，是她临上大学前，妈妈破天荒在家里做了一桌菜：酸辣土豆丝、蒜蓉茄子、清水白菜，还有满满一钵花菜回锅肉。她站在灶台边，看妈妈把亮晶晶的肥肉推下锅，耳畔就响起刺啦一声，云山雾罩里，筷子空落落握在手上，还没尝到，就开始觉得好。都是下饭菜，一家人在暖黄的灯光下，闷着脑袋吃，连吃了三大碗。

后来妈妈提起，她忘了，妈妈还记得。

没有父母陪伴长大的小孩子，其实也没有想象中孤独，只是有些器官在帮你偷偷惦记着那种匮乏，譬如舌头，永远都比别的小朋友驽钝，或者说麻木一些。

挺高兴的是，高三冲刺阶段，同学们的爸爸妈妈都拎着自己做的菜式到学校来送饭，他们吃不完的总会匀给她一些。在那里，她吃到了好多以前从没吃过的好东西，味蕾在一点点复苏，像一个冻僵的人，在炉火边慢慢醒过来。

《奇葩说》有一期，柏邦妮说：

"一个人吃过那么多的苦，到底要多少甜才可以把这些苦统统弥补回来？"

马东说：

"只要一点点甜就够了。"

高三

晚上饿得睡不着的时候，她就趴在窗台上看星星、吹凉风。云南的夜晚很美，行道树被昏黄的灯光照着，影影绰绰，风一吹，它一晃，朦胧得像个化了浓妆的风尘女子。星斗寂静地闪烁着，她沉默地听着歌，望着夜色中的漫天神佛。

蓦地想起高考前一个月，和兰英翘了四节晚自习，跑到操场上看星星。重庆的天空很高，星星离她们很远，需要很努力才看得清楚。她们平躺在操场上，双手枕着头，漫无边际地聊着理想。那时她想去东南大学，兰英想去南京大学，两个小姑娘窃窃私语着，约定了要一起去南京念书，周末一起出去逛街，大学四年要一直在一起。

那时候她嗜睡，每天清晨总要等到 Sader 洗漱完毕，穿好校服去上早自习，她才懒洋洋地起床，一边闭着眼睛穿衣服，一边挣扎着喊："哎呀，我被床粘住了！起床失败！"然后匆匆忙忙地洗脸，扎马尾，边刷牙边拖地，袖口脏兮兮的校服松松垮垮地套在身上，没系好鞋带就赶紧冲出宿舍大门，生怕晚了一秒钟就被生活老师锁在宿舍楼里拖走廊。

那时候她总是吃不饱，到第四节课就饿得不行了，看到数学老师讲课的时候三下巴一抖一抖的，就想起邮电大学对面那条堕落街的梅菜扣肉饼。真香啊，她想啊想啊，口水滴答了半页草稿纸。

晚自习是她一天中最喜欢的时刻。除了英语老师非要来搞英语听力练习之外，其他时间都留给同学们做作业。第三节课的时候把作业做得差不多了，就可以组队去食堂吃消夜了。她和兰英牵着手飞奔在去二食堂的石板路上，晚风凉飕飕的，吹得校服的袖子都鼓了起来，她们隐秘地笑着，快乐得像两只鸟。两个人总是吃很多——土豆、年糕、鱼丸，有闲钱的话还会买个大鸡腿，边走边啃，边啃边痛不欲生，感叹美食与身材不可兼得，追忆自己曾经纤细过的时光。

那时候她喜欢一个摆地摊卖书的哥哥，他穿白衬衫和牛仔裤，剃光头，露出青色的头皮。于是她每个周末总要抽点时间去光顾他的书摊。第一次买的那本《月亮和六便士》，她看了三遍，认认真真地在书上勾画好句子，在段落旁标注自己的读后感。为了给他留下深刻的印象，她买了聚斯金德、岩井俊二、松本清张、野夫、王小波、毛姆、卡尔维诺的文学著作，每一本书都啃得比梅菜扣肉饼还专注。高考前一个星期，她买了渡边淳一的《失乐园》，付钱的时候他笑了笑，说："快高考了哦。"她说："嗯，应该是最后一次在你这里买书啦。"鼻头一酸，有点想哭，她牵着兰英就走，担心自己会哭出来。

走到鲜花店门口的时候，听到他在身后喊："你等一下。"她转过身，看他抱着一本书跑过来，他把书塞到她怀里，说："《失乐园》太阴暗啦，会影响高考情绪的，你还是看这本《一个人的村庄》吧。"她说："可那本书我已经拆封了啊。"他又笑了起来，说："没事儿，我替你留着。"

直到毕业，那本书她也没去拿。

高考结束那天，她和兰英去 KTV 唱了五个小时的歌。小姑娘家家不敢喝酒，就一瓶一瓶地灌冰水，十几分钟上一次厕所，唱好多乱七八糟的歌——周杰伦的、凤凰传奇的、许嵩的、韩红的……嗓子哑了还要唱，唱到后面，调子比卫生间里的垃圾桶还要破。她把凉鞋脱了在沙发上乱踩，凭借劣质棉絮的力量弹起来，嘴里念念有词："妈的，老子终于解放了！"

嗯，终于解放了。

没有七点十五分的早读，没有第二节课下课后的跑步，没有抢饭，没有睡不够的午觉，没有写不完的"政史地"，没有蒋妈的无条件服从命令，没有肥胖校长有气无力的升旗仪式发言，没有永远洗不干净的条纹校服。

她们，已经毕业了。

而她，也只是偶然听到《卡比巴拉的海》这首歌，才想起第一次听它的时候，是和芯芯手拉着手面对着学校喷泉旁那棵巨大雪松，闭着眼睛听里面悠扬的大提琴独奏。那一天，站在黑暗里，四下无人，音乐如潮水，吞没了毫无防备的她们。

催吐

高三毕业的那个暑假，她第一次催吐。

盛夏，蹲在坑位黏腻的厕所边上，笨拙地用手指一下一下抠着喉咙。胃里一阵翻江倒海，强烈的应激反应使得眼泪突如其来，终于，她吐出来一点残渣，涌到鼻腔里的呕吐物呛得嗓子火辣辣地疼。后来她才知道，催吐之前必须多喝水，液体的润滑会让呕吐过程更加顺利。

尔后的日子里，她催吐的频次从一天一次变为一天三次，到后来，每吃下一点东西，她都下意识地跑进厕所里，强迫自己吐干净。她开始习惯吃清淡的食物，这样即使呕吐过于剧烈，吐出的东西冲到鼻腔里面，也不会辣得人涕泗横流。

她开始习惯每吃完一顿饭，喝掉满满两大杯水。

奇怪的是，她的胃口也随之变大了，可以轻松吃掉三人份的食物、喝四大杯饮料。在众人惊诧的注视下，从容不迫地走进卫生间，从容不迫地呕吐。

慢慢地，她不再担心自己催吐会被家里人发现了，因为她吐得越发顺利。她甚至摸索到了喉咙里一小块柔软的区域，只要朝着那里按下去，即使喝的水再少也必定吐得干净彻底。每天晚上她都会借口去跑步，换上运动服，到离家较远的一个偏僻网吧里上几个小时的网，以此营造出运动减肥的假象。

她成功了。

那个溽热聒噪的暑假过后，她瘦了近三十五斤。

她清空衣柜里穿了十八年的牛仔裤和大码衣物，买了好多好多条裙子：长裙、短裙，半身裙，牛仔裙。她甚至买了一双高跟鞋。到现在，两年过去了，她还是几乎只穿裙子，无论春夏秋冬。

她能正常地跟她妈妈进行交流了。在此之前，她跟妈妈的关系剑拔弩张，一直都是妈妈用讥讽、嘲弄、打压的口吻规劝她减肥，吃低热量食物，而她一直摆出一副顽强抵抗的姿态。

瘦到九十斤以后，她停止了催吐。过程不可思议地顺利，仿佛给山洪安上了一道强有力的闸门，拉闸以后，所有呕吐的欲望戛然而止。后来跟有类似经历的人交流，她没那么幸运，在长时间的强迫呕吐后，患上了神经性厌食症，整个人瘦得像一页薄薄的纸，透出病态。

她恢复了正常饮食，但有意识地加以克制，最终，她的体重稳定在了一百斤。终于，她不用再忍受陌生人带着怜悯神情的恶意，不用再掰着手指头算今天超标的卡路里，不用胃里塞满高热量食物又负罪感爆棚地找个角落失声痛哭了。

她觉得她好了。

也是在那个暑假，她被确诊为中度抑郁。

即使瘦出了轮廓，即使能把自己塞进 S 码的衣服里，她还是无法直视陌生人的眼睛，无法忍受别人说一句带有"胖"字的评价，下意识闪躲镜头，拒绝朋友聚会，拒绝拍照。有时候不小心吃多了，她会把自己关在房间里一整天，饿的时候就抽自己耳光，一直抽。

多数时候她只是沉默着，不哭，不闹，也不笑。她甚至想在她妈妈跟别人夸耀说"噢，她啊，确实瘦了不少"时，蹲下身呕吐，然后指着那一摊絮状的污秽对她说："你看，这就是你女儿的秘密武器。"

病情最严重的时候，她一个人站在十八楼，俯身望着窗外的茫茫夜色、寥落的街灯、晦暗的店铺，张开手臂，想要做一只一跃而下的飞鸟。

可她怂了。她怕痛。

催吐减肥在她身上有着不一样的呈现，因为她并没有像其他人一样彻底失控，吐到停不下来。她只是变成了一只彻头彻尾的阴郁的怪物。两年后的今天，她的抑郁减轻了，也再次胖到了一百零五斤。可这一次，她不会再吐了，她办了一张健身卡，每晚都去锻炼一个小时左右，掉秤很慢，三天只掉了一斤，但她觉得心安，因为这是她应得的。

关于如何克服催吐减肥，她打了很多话，都逐字逐句删掉了。其实很简单，如果改变的过程让你痛苦万分，那就做出让步，试着接纳你自己。接纳每个不完美的你自己，你可能肥胖、矮小、不美，但只要你学着跟自己和平共处，学着正视自身缺陷并刻意淡化它，你就不会再畏惧别人投来的若有若无的恶意。

自信是抵御严寒的最厚的铠甲。

她还记得当年压死她的最后一根稻草，是班上两个男生在挑选班上有哪些女生好看时，一个男生说：

"田可乐也还不错嘛。"

另一个嗤笑了一声，说：

"她？那么肥。"

旁人告诉她后，她笑着不轻不重地打了那个男生一拳，然后走到教室外面的角落，掉了很久的眼泪。事情过去这么久了，她还记得。

她一直记得。

痛快

该怎么形容那种焦虑呢?

两个人走在小吃街上,同伴说:"高考那阵子我总想着自己生一场大病就好了,或者,"她用手指一指白色灯杆上悬挂着的小灯,"像那盏灯,随便什么东西从天上砸下来,把我砸死就好了。"

用"就好了"做结尾,好像生命是一场顽固痢疾。她在一旁点头,搭话说,她每天都这么想。

恰如其分的夸张修辞,让这句话看上去几近诙谐,于是两个人对视一眼,笑起来,也就合上了重重心事的盖子。有很多事情是放在台面上说不得的,太沉重的东西用口头表达出来就类似冒犯,甚至让人觉得在炫耀痛苦。嘴巴吐出来的东西,轻的是空气,重的就成了痰。

她的焦虑无处不在,因为实在细小,讲出来会有点可笑。

她害怕考试，特别特别害怕考试，明明是吃文字这碗饭的人，却对教科书里的内容毫无吸收能力，"创新先行，政策殿后"这八个字她盯着看了三分钟，看着看着，视线模糊，身体就轻轻浮起来，在半空游移着。她想，殿后不是战争术语吗？

"当然不是专用术语，"综测平均分 85+ 的友人按住她的肩膀说，"在这里是出台相关政策让产业没有后顾之忧的意思。"

她看着那些字，忽然意识到这不是自己往日里熟悉的泥巴点子，可以任意把玩揉搓出形状。这些字是冷的，仿佛一堆生铁，已经被浇铸成了坚固的样子，小孩子把它们一个个塞进喉咙咽下去，无法消化，也不能取出来。

她的成绩很差劲，所幸大学里成绩是每个人的底裤，除了拔尖的那一小撮，大家都不轻易示人，中上游和中下游混成一摊糨糊，都是得过且过的样子。

但她重修过一门，来年的时候捧着同样的书本坐在低年级教室里，脸烫得吓人。周遭有几个是她所在部门的下属，目光投过来喊"学姐"的那一刻，她真希望所有社交恐惧症患者都能瞬间长出来一层厚厚的壳。

被很多人问起"可以推荐一些好书吗"，她从没回复过。

书分很多种，真正意义上有启蒙作用的并不算多。上学熬出来的小孩子，大多吃学术册子吃坏了肚子，天性使然带一点刻板和轻慢，用草率的态度随意否定批判，最后只能形成越来越僵硬的价值观。

她在努力地挣脱先前受过的填鸭式教育的束缚，看一本书之前，先把脑袋腾空，只是阅读和包容。

对学术的焦虑，本质上是对无意义却必需的事物的惶惑。

那些宏观的词，精巧堆砌，自以为大聪明，但她知道它们不会对自己产生任何意义。她可以诵读到一字不落，也可以临摹它的手段去显示高明。

有什么意思呢？天光一亮，她继续造化，它继续弄人。

考完余下的两科，她就再也不用参与任何学术方面的测试了，因为她完全没有考研的打算。她可以慢慢读书，读自己真正喜欢的、觉得有意义的书，带着探险的心境，感受认知疆界一点一点被拓展开来。

罗振宇讲自己喜欢看《奇葩说》是因为"能够享受到如此高频度的自我碎裂"。原先的思维模式被打破，人俯身，一片一片把自己捡起来，塑成新的样子、新鲜的灵魂。

书是永远无法按私心推荐的，每一本书都是一把榔头。唯有怀着

包容的心态，去接触认知范畴之外的那些锐利，选择摈弃或者被
击碎，才能抵达阅读的目的地。

**咀嚼和吞咽不是目的，学着理解和包容才是，碎裂比麻木来得
痛快。**

人的一生，图的不就是这一时痛快吗？

她想

她想变成一个没有性别的小孩子。

剪圆寸头，穿纯色圆领 T 恤和牛仔裤，衣柜里只有黑、白、灰三种颜色，消费品牌稀少而固定；左小腿文一只柔软的、被钩子悬挂起来的小狐狸。

靠写字勉强谋生，有一间自己的小公寓，四十平方米，养一只暹罗猫，十平方米养它，三十平方米养自己；有一辆小电驴。

冬天用棉衣把自己裹紧，夏天有充足的冷气、喝冰水；失眠的时候赤脚在木地板上走来走去；骑车在傍晚的街头吹风，看一看落雨。

屋子外面是亚热带的树，绿荫浓稠茂密，大风吹过来，每一片叶子都清脆地响，旋于上空的哗啦啦声音，像凌晨夜宵摊子上被爆炒的带壳小海鲜。

深居简出，交际圈狭小，朋友二三，平日里话不多。心情好的时候去超市和生鲜铺子买些食材做一顿好饭，喂饱自己和猫；心情不好的时候喂它吃猫粮，自己喝点牛奶。

有一堆书、港乐唱片、旧电影光盘，用一个大的玻璃书柜装起来。不买电视。

卧室里有厚重的白色被子，堆叠起来跟床垫高度一致，人睡在床上，可以完全隐匿进被褥里，安全感充盈，像蜗牛缩进了自己的保护壳里。

一直单身。

没有爱恨。

活到四十岁，在左耳也打一个耳洞，完满，对称，悄无声息地死掉。

这些年，一直在朝着这个方向走。削减人际关系，试着克制表达欲、性欲、物欲、食欲，看很多书和旧电影，写一些文字，沉默听歌。

但愿经济彻底独立后可以活成这个样子，生命温暖清洁，平静无澜，一个人，孤独而忘情地度日。

Sader

对 Sader 最深的印象来自高中。每天清晨天不亮,她起身,整理完床褥,洗漱完毕,换完垃圾袋,擦完桌子,把椅子归位后,到她床边扯扯她的耳朵,说:

"快起床,我出门啦。"

然后她昏昏沉沉地在被褥间挣扎良久,终于迫于压力起身,嘟囔着洗漱,胡乱把被子叠成软塌塌的一坨,一边刷牙,一边套上脏兮兮的校服,再在宿舍大门锁上前一分钟披头散发地冲出去。

被锁在大门里要拖整层楼的地,这是她被锁了不下十次才长的记性。

<u>一直以来,她跟 Sader 都是两个极端。</u>

后者是班里的优等生,成绩长年位列年级前十名,做事勤勉,功课认真,有确切的目标和理想,饮食克制,清瘦颀长,是老师们

交口称赞的对象。而她则分数悬于班级倒数边缘，做事三心二意，游手好闲，不求甚解，数学课上看杂志，自习课上听音乐，喜欢跟教条纲常对着来，被老师没收的 MP3 拉拉杂杂有五个以上。

她无法理解 Sader 近乎可怕的自律，更不晓得她怎么能对地狱般的高三阶段甘之如饴。这种隔阂是相互的，Sader 也搞不懂为什么讲了五遍她还是解不出来一道清汤寡水的数学题。

但这并不影响她们的关系。

事实上，每天早晨都是 Sader 帮她接热水泡牛奶，她也会匀Sader 一些封闭式管理学校里不容易搞到的好东西，譬如梅菜扣肉饼、锅贴和炸洋芋。她早晨起床太晚，吃不上学校提供的早饭，Sader 总会替她多买一些。诸如此类的很多细节都忘掉了，只是时隔数年回想起来那种感受，她还是觉得暖。

高考结束后，她们回校收拾行李，Sader 抱了抱她，边笑边掉着眼泪说：

"可能以后再也遇不到你这么好欺负的人了……"

她也笑，哽咽着说不出回应的话。事实证明，相遇之前，离别之后，她也没有遇到过像高中时候的她们一样优秀的人。

后来，就是循规蹈矩地生活。

天南地北的两个人，在平行的时空里保持着各自的生活方式和作息。Sader 去了全国排名靠前的大学，学习，参与社团，拿奖学金，后来又取得了出国留学的名额；她写字，逃课，签约，挣钱，恋爱又失恋，终日毫无愧疚地不务正业。

掐指算了算，跟 Sader 分别也有三年了。在这三年里，交集是越来越少，但每次聊天，都甚觉情感依旧没变。

《新华字典》里有一句她很喜欢的话："张华考上了北京大学，李萍进了中等技术学校，我在百货公司当售货员：我们都有光明的前途。"

看着这句话，就好像看到昔日的两个小姑娘，扎着马尾、裹着校服、素面朝天，抱着一摞卷子，满心欢喜又忧心忡忡地憧憬着各自的未来。仿佛真的触手可及，那个溽热、聒噪、不安的夏天。

嗯，她们都有光明的前途。

胃在烧

现在是凌晨两点四十分。她躺在床上，做好了彻夜不眠的心理准备。

不矫情，没抑郁，少生病。她就是饿了。

厨房里有饭，菜热一热就可以吃，海带炖猪蹄、酸辣土豆丝、蒜蓉茄子、凉拌藕丁，样样都是下饭菜，客厅桌子上还放着一袋新鲜的蛋黄酥。有多喜欢吃蛋黄酥呢？如果血液可以不必是液体，那她希望在动脉里塞满蛋黄酥。没错，跟骆驼储备水分是一个原理。

她在脑海里把它们挨个儿抚摩了千百遍，竭力抑制住自己打开门冲出去饕餮的念头。

欲望是客厅里的蛋黄酥，克制是卧室里的体重秤，饥饿是一把刻刀，痛苦是她本人。

她站在落地镜面前，脱光了衣服，打量着自己油光满面的脸、鼓囊囊的肚腩和腰间的赘肉。

她在微信上找友人絮叨了大半宿，插科打诨，吹拉弹唱，天真地以为会就此产生睡意，谁知越侃越精神。终于，在她提出"耶稣有多高"这个天问后，那头睡了过去。

她甚至去骚扰喜欢的男孩子，无理取闹地让他陪她聊天，假装因为他不理她而愤懑不已，其实心知肚明那头的他早就睡得不省人事。

她开了四次房门，每一次，都小心翼翼地绕过那些吃食，去厕所、洗手。

洗了一遍又一遍，机械地重复着。

一个人闲起来，会做出很多常人匪夷所思的事，这是她目睹她爸戒烟期间跑到三十楼的天台上放声高歌"我爱你，中国"后的深切体会。

她感受到胃液泛酸，翻腾涌动，有腾云驾雾的灼热感，海浪一样的声音仿佛在尖叫："喂饱我，喂饱我，喂饱我。"

她拿出自己体重巅峰时期的旧照片，看了一遍又一遍，细致观察里面的每一寸脂肪，回想起彼时最惶恐的事情就是跟喜欢的人对视，她害怕他那双好看的眼睛里倒映出肉质饱满的自己。

她仔细想了想这些年她爱过的人、爱过她的人，想了想读过的书、走过的路，想了想吃过的亏、长过的记性、丢过的宝贝。

想着想着，眼泪就流下来了。

边揩鼻涕，边咬了一口不知道什么时候出现在手边的蛋黄酥。

一阵强烈的快乐将她迎头击倒，她跪拜在那条猪油咸蛋黄搓出来的石榴裙下，缴械投降。

啊，歌颂理想，歌颂肥胖，歌颂脂肪。生活美好得像个黑甜梦。

Lesson One

2010 年的时候我在上海，跟在大人屁股后头看世博会。早上六点半起来，在廉价早餐店吃馒头，喝淡得像水一样的稀饭，大头菜咸得齁人，但如果不吃完，下一顿饭又要挨到十二点，只能吃完。

在路边摊花十块钱买了塑料板凳，因为每个馆排队动辄几个小时，沙特馆尤甚，中国馆更是想都不要想。官方给每位游客发了个红色小本，到一个馆，戳一个章。我的本子上大大小小戳满了章。前阵子清洁房间，翻出来那个本子，它还我见犹怜地用一页蓝色壳子包好，以防损坏。看着看着，抬手就触摸到那个汗流浃背的夏天，就笑出来，笑自己实在可怜。

大巴车上，导游拿着喇叭喊："大家看左边这排公寓哟。对！就是这排，一平方米两万块。"我捧着十块钱的小板凳，排队，把非洲各国的展馆排了个遍。日头毒辣，展品和宣传画上的对比参见康师傅方便面，但还是要排，搞什么特殊化？大家都排队啊。

其间接到英语老师的电话，说开学要办一场英语演讲，他推荐了我，让我好好准备稿子。于是那一整个暑假，没有 MP3 的我就在家里的客厅，用老旧电视重复播放那篇课文，嘹亮的嗓子，混杂着电流，"lesson one, in the garden"。

后来那个看起来板上钉钉的演讲居然不了了之了，老师不提，我也就不讲。看上去对我没有造成任何恶劣影响，唯一稍稍困扰的是脑海里偶尔会哐啷一下，砸下来一句抑扬顿挫的"in the garden"。

再后来，就念到了大学。第一次跟男孩子约会，提前饿了自己两个星期，瘦到九十二斤，洗干净头发，换上最体面的一身裙子，搽了五十块买的透明润唇膏，坐在夕阳下面等他的班机，从六点等到九点。对方过来，高出我 25 厘米的男孩子，第一句话是"啊，昆明这么冷，你都不穿外套的吗？"然后把外套给我，自己冻个半死。

我知道很冷啊，可我没有好看的外套。

接吻的时候，他问："跟你想象中的有区别吗？"我好认真地想了想，说："跟电影上不一样，他们不伸舌头。"他大笑出声。

为什么会突然想到这些事呢？因为今天下午我收到一个知乎提问，是个高中小女孩儿，她说："我成绩一直不错，但最近有些下滑，被学习搞得彻底崩溃了，特别焦虑，极端抗拒去上学，现在家里人商量着让我出国留学，我该怎么办呢？"

先前的私信里，不下一千个人问我：该怎么办呢？学习成绩不好、跟室友相处不来、一段背叛、一次糟糕的性体验，该怎么办呢？那些小小的事情，变成了一根一根牙签，生生把天戳漏了一个大窟窿，我们坐在原地痛哭，发现全世界只剩下自己，找不到一个一起完蛋的伙伴。

为什么焦虑会让人如丧考妣？因为从来没有人跟我们讲过，没关系。

没有人讲，大家都是第一次当人，都很紧张，像突然接到通知要临时出演一幕话剧。没有人讲，这个世界上根本不存在完整的人生，有的只是一段接一段小小的快乐和破绽。没有人讲，其实没必要强迫自己变得优秀哦，没必要很坚强，想哭的话，坐下来哭一哭会好些哦。

没有人告诉十四岁的我，如果站着很累的话，可以回旅馆睡大觉，而不是排五个小时队去看一场自己根本不感兴趣的展览。没有人告诉十九岁的我，如果长椅上很冷的话，可以去宿舍取一件丑兮兮的厚外套。

所以收到这些私信的我想的是，原来大家都是这么紧绷绷长大的啊。

柴静在《看见》里提到，年幼的她曾经打碎了一只碗，那一整个下午，她都悬着一颗心等妈妈回家，等那一顿未知的劈头盖脸的叱责。妈妈回来后，只是笑她过于紧张，跟她说："没关系啦。"

当你看到这一篇的这一天，我正好二十二岁。这八年里，我没有学会什么新的东西，只是学会了不断告诉自己："没关系。"耗尽全力没能考上心仪的大学，写出两万字无法被采纳的稿件，有三四个怎么都爱不到的男孩子，没关系，真的没关系。那些像原子弹一样嗖地飞过去的负能量，幻化成一根根小小的肉刺，给人以萎缩般的疼痛，还伴着一点点痒。

你要知道，这个世界从来都不是房地产广告上描述的那个样子。

扼住命运咽喉的那个魔鬼也不是贝多芬或者谁谁谁，而是你自己。搞清楚自己的定义，不要变成被消费主义和精英主义荼毒的蠢蛋，放过你自己。

手臂太短捡不到地上的六便士的话，抬头看看月亮也不错哦。

集群孤独

她的孤单特别具体，毫无意义，与学业、情感没有任何瓜葛，仅仅因为她是个怪人。说她怪好像有点自以为是，因为在反复运用下，"怪"这个字除了负面意思，还有些乖张意味，是人们拿来与大众划清界限、标榜自我的一面旗帜。人人都想做独一无二的那个"一"，忙不迭地在所有山包上插上属于自己的小红旗。

她喜欢吃同一家店里的同一种食物，日复一日，一日三餐单曲循环着吃，一直吃到彻底反胃，就再也不踏进店门半步。校园附近有家柳州螺蛳粉店，汤头浓郁，食材新鲜，酸笋腌渍透了，有股子异香，很多人吃不惯，她偏偏喜欢，于是拉着好友反复光顾。她原本也是螺蛳粉的狂热信徒，禁不住一日三餐地吃，后来她一闻到酸笋就生理性反胃，索性再也不去了。

她喜欢闲来无事花两个硬币随便跳上一辆双层巴士，塞上耳机听歌，漫无目的地坐到终点站，再沉默着坐回原点。学校附近巴士的终点站是昆明火车站，有时她会下车走一走，无论在哪座城市，火车站周遭都是相似的，两元店、十元管饱的大碗饭、鬼影憧憧的小旅馆，像皮疹一样密集分布。

她喜欢重复看旧电影，1997版的《洛丽塔》，她一个人在深夜里看了五遍。杰瑞米·艾恩斯（Jeremy Irons）那样的中年男人，英俊、寡言，绝对占有欲，是小女孩儿的甜美梦魇。

她喜欢梳脏辫的酒吧歌手，裂舌的青年，穿廉价糖果裙、化复古妆的小姑娘，满头银发依然旗袍裹身的老太太。日本作家金原瞳写过一本《裂舌》，她看第一章就觉得很有意思，在舌头中间钉一颗银珠，在红肿消退后用剪刀把舌尖剪开，会形成蛇一样的分叉舌头。文中描写接吻的片段一笔带过，她好奇至今。

她还有好多好多稀奇古怪的爱好。

正如《人间失格》里太宰治所言，公众场合中她一点也算不上怯懦寡言，甚至称得上有趣，她善于发掘新鲜话题，调和矛盾，在尴尬的间隙适时穿插一点诙谐的俏皮话。可以说，她是大家眼中的气氛润滑剂。但私下里，她不愿与他人深入交往，不愿接触新鲜人际，与其说是恐惧，不如说是因为懒惰。

她假装跟社会群体合拍，只是害怕孤僻的本性暴露出来，招致不必要的臆测与伤害。这近似于一种生理保护机能的表现。打个不怎么恰当的比方，就像面对穷凶极恶的歹徒，表现出迎合和驯顺的样子，安全逃脱的可能性才最大。事实上，即便周围再喧嚣、沸腾，她也很少有共情，只是装作投入其中，让自己显得没有那么突兀。

你知道，人群永远是最隐蔽的藏身所。

她的大学时光至今已经消磨了两年，在此期间，她最亲密的挚友是学校商业街上的一条小黄狗。它跟她一样，有着圆而亮的大眼睛、矮小的身子，总是无所事事地游荡在乏味冗长的生活里，偶尔趴在街头晒晒太阳。她总是替它买一份叉烧包，再静静吃完属于自己的那一份。没有任何逗弄和交流。

他们一样渺小卑微，一样居无定所，一样天性孤独。

其实生活里的孤独摩肩接踵，随处可见。只是人这种动物太过聪明，绝大多数都下意识地把自己的孤独埋在泥土里藏匿起来，不为其他人所发觉。只有蠢笨之辈如她，才会如此赤裸坦诚地将它们曝晒在阳光下，任人评析、挑拣。

大学里，乃至人一生中的孤独，都太过稀松平常，以至显得有些平庸。

刘亮程在《一个人的村庄》里写道："每个人都在自己的生命中，孤独地过冬。"

夜跑这件小事

支撑她熬过抑郁情绪的两根血管，静脉是下厨，动脉是夜跑。

对夜跑的喜欢可以追溯到高三。

刚成年的小姑娘，臃肿、笨拙，自我认知不清，有大片深度未知的沼泽必须涉足，盲目地被人摁着脑袋生活，时而有溺水一样的无措感。那种焦虑，是散步和睡前谈话无法消弭的，即使意识已经被说服，身体依然燥热。

于是长跑，裹着校服一圈一圈地跑，像一只动物，出于本能把自己的恐惧奔走相告。耳畔是极速流动的不可捉摸的风，她张开双臂，蜕化成一只得到解脱的鸟。有时候会想，为什么人没有四只脚，或者生出翅膀呢？也许他们可以跑得比风还快，也许难过的时候他们可以停在半空，看一看星星和黄昏。

这个习惯一直持续至今，每当她压抑，就会换上跑鞋，一圈一圈埋着头重复奔跑。黑暗是很好的保护色，她可以蜷缩在其中肆意流脓，舔舐伤口而不被任何人知晓。

从高三到大三，夜跑的日子里，最爱的是埃米纳姆（Eminem）
的饶舌。他的愤怒是一把明晃晃的镊子，一下一下牵扯着她的脑
神经，暴烈、有力量。她最喜欢那首 *puke*，是他写给前妻的，大
意内容为她有多令人作呕，间或夹杂着真实的男人的呕吐声。放
前奏时，她用手拿着耳机，想，听上去像是吐在马桶里而不是便
池里。

有时塞上耳机听着歌，会不自觉地晃着头，摆动肢体以配合节奏。
听歌的时候她什么都不去想，把自己掏空，彻底掏空，灌满音乐，
通过跑步消耗全部体能，驶达她的理想国。

又是一个情绪低落的夜晚，她听着硬核说唱跑完五千米，走到健
身房楼下，发现天下起了雨。是那种虽然不太大但显然有增稠趋
势的雨。耳机里还在不断坠落着重音和咆哮，她勾起唇角，拒绝
了雨中出租车司机的盛意邀请，把音量调大，切换到埃米纳姆的
Not Afraid，开始跑。

雨势拉大，雷声渐起，滂沱的雨点比耳机里的节拍更加密集，她
抹着脸上的雨水，忽略屋檐下躲雨的人们惊异的目光，以一个倔
强的姿态继续奔跑，留给他们一个最终缩成芝麻大小的背影。

肌肉像木偶头上那些透明的丝线，随着节拍一下一下被提起来，
她感觉不到累，众人的惊诧是她动力的来源，那些粘在她后背上

的目光，给予她源源不绝的电量。

老子真酷！

她甚至想冲着人群竖中指大喊："What are you waiting for?"

但是她忍住了，因为那样会破坏她的酷。

到家的时候，背包上的灰色小绒球被淋得只剩下一个光秃秃的核，握在手里，又湿又硬，散发出一股劣质塑料的橡胶味道。上衣湿透了，衣角潮乎乎地耷拉着。她满不在乎，摘下耳机，冲进卫生间打算洗把脸。

一抬头，看见镜子里的自己，淡妆被冲刷得一干二净，湿漉漉的发丝紧贴着头皮，后脑勺呈现一个弧度清奇的突起，再配上她的表情，像只趾高气扬的小秃鸭子。

那瞬间，音乐收起了它的魔力，天还是那个天，她也不是在雨中搞个人英雄主义的极端分子，就只是在别人都打伞的情形下自顾自淋了一场雨而已。

终于，她读懂了屋檐下的人们脸上心照不宣的那句暗语：

"快看！活的傻×！"

二十一岁某一天

她醒过来的时候是中午十一点二十七分。

屋里昏暗，昆明正值雨季，厚厚的阴云像一床刚弹好的新鲜棉被，笼罩在城市上空，捂了很久也捂不出汗。她体寒，除了盛夏之外的季节都手脚冰凉，但每次睡醒都要出一身热汗。昆明天气很好，气温四平八稳，适宜每一种生物在此长久生存。她在重庆长大，常常醒来头发里都是汗水，像一整夜泡在油里。有很多很多次，她想，要不就一直在昆明生活下去吧。

她迅速在脑海里回想今天必须做的事情，发现跟往常一样，没有。于是她睁着眼睛看光线浮进床帘，微弱光火中有灰尘悬在半空中，照亮了一小方墙壁。她不喜欢搭蚊帐，只在床头备了一盏随时充满电的台灯，半夜里听到蚊子瓮声瓮气地叫，就起身，打开灯，找到蚊子所在的地方，把它拍死。有时候手掌会留下一小摊血迹，她逐一抹在雪白的墙上，所以她的墙面布满了鲜红的、凝滞的、几近褪色的蚊子血，像春天公园里盛开的一小朵一小朵不知名的花。

室友在床下讨论要不要出门吃饭，一个说不去，另一个说要吃小龙虾，还有一个说要吃附近新开的火锅。讨论持续了很久，总是在即将做好决定的关头戛然而止。总是这样，大事互不通气，小事却拿出来像煞有介事地讲很久，尽可能做到面面俱到。她把左手耷在床沿，懒懒地说，她们定，她都可以。

一个小时后，要吃小龙虾的打开饮水机烧水泡面，要吃火锅的出门去食堂。她翻身下床，洗漱完毕，戴上一顶米色棒球帽。她每天起床都要戴一会儿棒球帽，因为发量太多，又过于蓬松，要用帽子压一会儿才会看上去服帖。

然后换隐形眼镜，用五十块一方的气垫打底，画眉、深灰色眼影，黑色眼线拖出眼尾差不多半厘米。口红是室友十块钱卖给她的巫婆色，用手指在面上蘸一点，放到唇瓣上慢慢抹匀，显出来就是恰到好处的肉粉，她一直涂这支口红。

化完妆，她把棒球帽摘下来，剪到眉毛以上的刘海儿终于趴下来，驯顺的假象。她穿了一件黑色连帽衫，下身却是牛仔裙，裙摆被她剪掉了一大截，露出白色的毛边。是那天她突发奇想要骑单车，但牛仔裙不方便，于是她到邻近的商店花二十块买了一把剪子，把过窄的圆筒裙摆剪短了。

出门的时候，她看见说不出门的那个室友蜷在椅子上睡着了。

她没有直接去吃饭，而是去了学校的菜鸟驿站，把刚刚在二手网站上卖掉的一只 iPod nano 寄出去，一千多块买的小东西，两百块就转了手。她总是这样，不喜欢的东西，再贵也要迫不及待地处理掉。这些年，衣柜里只有固定的三件外套和几条裙子，有同学来她的房间借东西，看到桌面异样地干净，还以为她马上要搬出去。

东西寄出去后，她去固定的奶茶店买了烤奶，全糖、去冰、不加其他作料，七块钱。她握着这杯奶，坐到了固定的川菜店里，点了一份固定的尖椒肥牛。她总是叮嘱老板娘"尖椒炒死一点"，三十岁出头的女人点点头，说："好，就是炒久一点对吧？"她不明白，为什么所有人在所有场合都下意识地忌讳那个字。

她坐在固定的位置上，像往常一样一个人吃饭。把盘子端起来，用筷子把菜划拉到碗里，剔掉红色的辣椒和偶尔一颗花椒，闷头吃起来。耳机里是不久前大热的嘻哈节目的某首歌，她每次在这家店里吃饭都是单曲循环，听着乡音，吃着家乡常吃的辣椒，想家的心情才会稍微平复一点。

她的脑海里不断想起那个姑娘，睫毛很长，中长发，瓜子脸，写了很多字，是那种坦坦荡荡发各种角度自拍的漂亮。她不确定她近不近视，因为她自己近视有六百度，但从没放过一张戴眼镜的自拍。她看了一夜她的微博，有一条看了两遍，是她的遗书。

她一天前自杀了。

遗书上写道："她想过闯红灯或是跳楼，但不愿意给人留下阴影。小时候她在垃圾堆里写作业，看对面灯光里三个人影，抱着小小的孩子又笑又亲，就觉得很幸福。"她选择了烧炭。

她小时候也是一个人，长大了也是，所以越发习惯独处。念大学后，做什么都好像是一个人，有一次恋爱，男孩子在前面走，她说了一句"我只有两个朋友"，那男生回过头来看她，微微心疼的神情。她不喜欢那种神情。

吃过饭，有个朋友发来微信，说一些无关紧要的事。她左手提着给室友带的黄焖鸡，不方便打字，于是回过去语音。讲到一半，声音突然哽咽起来，她觉得莫名其妙，但哽咽的感觉越来越强烈，她的隐形眼镜有点滑片，前面的路看不大清了。她听见自己小兽一样地呜咽。

她听见自己说了好多话——一些更加莫名其妙的话，她不知道自己到底在难过什么，她想，抽屉里还有一些没吃完的药，她要尽快赶回去吃药。朋友在那头安慰她——那些发旧的话，她开始讨厌自己，总是让每个与此没有关系的人露出抱歉的样子。

路走到一半，下了很大的雨。她没有带伞，跟一群同样面容狼狈的人被困在屋檐下。有个肥胖男孩儿站在她旁边，可以清晰看到他身上被雨水打湿的短衫蒸腾出乳白色水汽。她前面是一对情侣，男孩儿的头发用浓重的发油分开，女孩儿蹬一双细高跟，只有背影，两个人的手臂像水蛇缠绕在一起。

她不哭了，平静地立在橙色屋檐下看人、看雨。一直以来她都没有什么共情，没有消费欲望，也没有性欲。昨天凌晨四点，她扔出去一个漂流瓶，上面写着："**一切都是虚妄，她活在巨大的不被理解的真空。**"有头像是模糊跑车图片的男人回复过来一句："上完床就好了。"她盯着那行字看了很久，莫名其妙地笑了出来。

雨势收拢了，那对情侣相拥走过她走过的那条街。她打开微信，面无表情地发了一条兴高采烈的微信到朋友圈。

猫死掉的那一天

新年的麻将桌上，刚考上县城公务员的姐姐在众人的一片交口称赞中，淡淡地说：

"反正一辈子也就这样了，一眼望得到头。"

她从美国结束学业后，预备了一整年的公务员考试，终于在第二次考试时以第一名的成绩进入乡镇的地税局。她当然报了班，二十天冲刺，精准一对一，费用两万块，没考上退一半。她想起过去一年里姐姐总是伏在餐桌上做题，有时候桌子没擦干净，卷子选项上就留下被油浸透的浅浅印记。她也喜欢在餐桌上做题，从小就是，不过那时候的桌子只是现在面积的三分之一，奶奶端上来菜，油不小心滴在本子上，第二天就能看见老师用红色水笔写的评语"注意卷面整洁"。

大家置若罔闻地热闹着，好像已经听惯了"一辈子"这类大词，并不打算细究这个词底下蕴藏着的东西。二姨喜滋滋地剥橘子给大家吃，涂浅色指甲油的手耐心撕掉橘瓣上白色的经络，吃进嘴里，有股挥之不去的指甲油味。

妈妈用手肘碰了碰她。

她知道妈妈想说什么，其实不用妈妈再三提醒的，二〇一七年的某次彻夜长谈，两人就达成了共识，她跟姐姐一样，毕业后就考镇上的公务员。说通之后，妈妈第一时间把这个消息告诉了众人，仿佛要借助群体的暗示让她难以反悔。

有那么一段时间，她跟所有学新闻的小孩儿一样，想要做个记者——不是狗仔，不是官媒，是那种疾恶如仇、爱憎分明的热血青年，扛着摄像机，握着一支笔，直愣愣地钻到萨达姆的帐篷里去。不畏强权，不慕名利，她要真相、要和平，要扼住命运的咽喉，质问这个该死的世界到底能不能实现它所承诺过的正义。

十七八岁的时候看毛姆和乔治·奥威尔的书，沉溺在理想主义者建构的世界里无法自拔，随时在怀里端着一杆枪，准备跟所有在道路两旁阴恻恻守候的阴暗事物拼个鱼死网破。"自由"这个词闻起来比所有词组都要馥郁芬芳。幻想过很多职业愿景：战地记者、平权律师、自由撰稿人……烘热冗杂的激情里，从没有过"公务员"这三个字。

县城公务员，每一个字看上去都像是某种妥协。

拥抱这个职业，意味着每个月有稳定的月薪、福利和年终奖，日复一日没有多少技术含量和社会建树的工作行程，狭小固定的工作场所，一眼望穿的没有容错率的人生，庸庸碌碌地上班，庸庸碌碌地结婚，庸庸碌碌地做爱，庸庸碌碌地淹没在人潮人海中，像博尔赫斯形容的死亡，水溶于水中。她害怕重复，因为重复会减轻生命的质量，把一生都活成了一天，那生命的长度也不过只是一天。

是怎么跟生活讲和的呢？

可能是因为爸爸心肠实在太软，一个人变老的话很容易受人欺负，更重要的是，他被欺负也绝不会告诉她；可能因为除此之外没有充沛的原始动力，去支撑一份更有创造性的工作；还可能因为她一直试图揪出的怪物实际上根本不存在，根本没有在她能力范围内唾手可得的和平、正义，她要做的，只有脱掉身上的塑料铠甲，重新捡起散落一地的开支账单。

每一份工作都是前一天的重复，绝大多数工种都是社会的螺丝钉，在自己应该存在的部位上有条不紊地转着。新的太阳升起，办公室里坐着同样的面孔，记者被条条框框的命令限死，道路旁的洒水车摇摇晃晃重复播放着《生日快乐歌》。

可能根本就没有讲和，只是在她还没想好说辞之前，它单方面解约了。有个声音在她耳边咕哝："要长大了哦，要工作了哦，要准备好独自承受所有的一切了哦。"仔细听，是她自己的声音，因为分贝太低，有些变形。

年少爱做梦的阶段，幻想过很多次长大的样子，要有小房子，有闪闪发亮的工作，要结婚、生两个小孩子，要养猫，要赚了钱一起去冰岛铲雪。细节考虑得很周到，还去网店里浏览长度合适的冰铲。

现在呢，不婚主义，持续独身，养了一个月的猫也死掉了。

猫死掉的那个夜晚，她把低电量自动关机的手机揣进兜里，沿着黑黢黢的街道一直往家走。

走过所有滴着雨水的屋檐，走过几摊破碎的水洼，走过橱窗里的假人，走过咆哮着的喝醉的人，走过好多人。空气里是雨天特有的腥气，一部分土壤被雨水激到半空中，她深一脚浅一脚，也在半空中。

一直走，夜晚把路途拉长，好像永远永远走不到头，也没有月亮。

在电梯里被人问起的时候才发觉自己在哭，很凶猛的眼泪，大串大串往下掉。她也不晓得自己在难过什么。不就是一只猫吗？可她总觉得，她什么都没有了。

认真想了想，她这二十一年，好像一直都在道别。

II

风花雪月不肯等人，要献便献吻

她比任何人都渴盼找到另一个孤
独的根号三，

他们相互理解、相互搀扶，

打破外界的种种束缚，

走向只属于彼此的质数的永恒。

他

他家客厅的沙发小小的，蓝灰色，绒布面料，漫不经心地散落着一些烟头烫出来的洞。

他们躺在上面，他的手指不安分地伸过来，散发出渴求。她说累了，他还是不依不饶地、类似挑衅地拨弄着。她叹口气，扯开他的衬衫纽扣，没头没脑地亲了上去。

他们抽烟。

他看着她，轻笑着说："你的姿势不对，要猛吸一口，慢慢吐出来一截，然后自然呼吸。"她照着他所说的去做，还不错。

他继续笑，摸摸她的脑袋，说："嗯，挺有天赋。"

他仰起头，将嘴团成一个圆形，徐徐吐出烟圈。乳白色的烟雾，一圈一圈，模糊了视线中他的脸。

她说饿了。

他起身，烧水，切葱花，剥番茄，打散鸡蛋，给她煮面。她赤脚走过去，从身后抱住他，有一下没一下地抚摩。他头也不回地说："乖，别闹。"她继续放肆，为自己打搅了他做饭的兴致而感到狡黠的快意。

他抵抗无效，蓦地停下动作，反身搂住她，一边啃咬着她的脖子，一边把布裙子往下扯。她慌里慌张地指指快要沸腾的水，说："水要开了！先煮面！"

他含混不清地说："不管，你先动手的。"

他的心脏部位文着一只米老鼠，旁侧是前女友名字的缩写。她喜欢故意用力咬那个地方，想悄悄把那块皮肤咬下来。

他给她煮茶喝。

普洱，呈透亮的青绿色，太酽了。她喝了四五杯，昏睡了个把小时，清醒了，跑去客厅继续看书。不一会儿，他昏沉沉地走出卧室，给她盖上绒毯子，发了会儿呆，又回去埋头睡了。

他讲了很多故事：异国，出走，挚友，险情，观念，家庭。她支着脑袋听着，觉得有趣，想插话又插不进去，只好睁大了眼睛望着他，像个刚念小学一年级的孩子。

她说:"我们养只猫吧。"

他说:"好,你喜欢就好。"她去微博查找同城无人领养的流浪猫,找到一只合适的英国短耳猫,大脸盘子,灰色绒毛,瘦极了,连爪子都是干瘪的。给寄养的人发了私信,一整天没收到回音,她扯扯他的袖子,说:"那人不会不理我们吧?"

他一边打量着街边一辆造型别致的小摩托,一边说:"看命咯。"

她睡着了,他斜倚在床头玩手机,光亮变换刺激着眼皮。她压不住睡意,终究还是睡了过去。蒙眬中感觉到眼皮上被不轻不重地啄了一口,温润的触感,知道是他,就很高兴,强忍住了没笑出来,怕被他批评说怎么还没睡着。

他的力量压制着她。

干燥滚烫的手掌,熨平了身体里的平原、溪流、河谷、山丘。持续颠簸,船行海上,目之所及都是汹涌。重,又不重。疼,又不疼。绝对的黑暗里,耳畔只有他喘着粗气低低的呢喃声。

他说:"我爱你。"

心头一颤,升腾起一股清晰的欢喜。她闭上眼睛,问:"你说什么?"

他一口咬住她的喉咙,说:"我爱你。"

初恋

他说，你好哇，小姑娘。

他说，可乐是个好名字，可以快乐。

他说，你笑时眼睛乌溜溜的，可真好看。

他说，出差的时候看中了一条裙子，就给你买回来啦。

他说，小胖子，做我女朋友，好不好？

他说，阿姨不是让你找个高点的吗？我这么高，肯定够了吧。

他说，不累啊，从北京到昆明的飞机才四个多小时。

他说，你写的东西越来越好啦。

他说，减什么肥啊，你肉乎乎的抱起来像个小火炉，可暖和了。

他说，我在开会，等会儿联系你，好不好？

他说，哈哈，你还在念书，还不懂职业人士的世界。

他说，不好好工作怎么有钱来昆明看你呀？

他说，在吗？你在干吗呢？

他说，宝贝，对不起，是我太忙了。

他说，你是不是没那么喜欢我了？

他说，不怪你，是我自己的问题，没能一直陪着你。

他说，你别哭啊，妆花了就不好看了。

他说，傻丫头，有什么好对不起的。

他说，我们分开吧。

那天站在宿舍楼下，天气很好，阳光照在他们脸上，明亮滚烫，她哭了，他没有。他们说了会儿话，礼貌性地拥抱了一下。他摸摸她的脑袋，说：

"小胖子，你可别删我呀，以后交了男朋友都给我看看，我怕你这么傻，遇到坏人可怎么办？"

走到路口，她喊了一声他的名字，他回过头，冲她笑了一下。她也笑了，想不出有什么话要讲了，就冲他摆摆手。

然后他就走了。

后来她也走了。

那是他们最后一次见面。

她想，感谢有你出现在我平淡的世界里，也谢谢你让我明白，爱一个人真的不要花上十成的力气。

他和他

那家店小小的，在学校周遭的一条小巷尽头，没有显眼的标志，只是梁上悬着几尺见方的塑料招牌，上面是红彤彤的三个字：骨头汤。

第一次去吃，是因为朋友介绍，说他家汤料味道不错。进了店里，老板拿着菜单迎上来，是个三十岁出头的中年男子，面容普通，中等个头儿，理着短短的发，裹件黑色羽绒服，声音轻柔。

三个人，点了三份骨头汤砂锅，是用猪骨熬原汤，再搭配豆腐皮、生菜和清水豆芽垫底，簇拥着一根肉质饱满的大棒骨。他给她们用蒜蓉、小米椒、芫荽和生葱打好蘸水，又递上三副一次性手套，说："棒骨上的肉用筷子不容易吃，手撕方便。"

汤汁不算浓郁，甚至有些发淡，但因为掺了牛奶的缘故，呈乳白色，有股不可捉摸的甜，白口吃过了，再搭着蘸水吃，吃到最后，也不觉得腻。又点了一份卤翅中，表皮是单薄的酱油色，肉很嫩，软糯咸鲜，不算正餐，是可以犒劳舟车劳顿的小玩意儿。

他家的菜式似乎都是这样，清淡却不寡淡。哪怕是红油辣子鸡，也要放几撮清水豆芽解腻。

光顾的时日久了，便晓得这家店是两个人合伙开的。都是中年人，负责收银、招揽顾客的那位性子爽朗，说话声音略微沙哑，烟抽得很凶；负责办厨那位，手脚麻利，话不算多，不必做饭的时候，就坐在店外的躺椅上，看看肥皂剧、逗逗小狗。

他们共同养了两只小奶狗，一黄一黑，黄的叫小黄，黑的叫小黑。是土狗，不挑食，极亲人，远远见着你走来，便徐徐瘫倒在地，毫无戒备地露出柔软的肚皮。

她有个习惯，喜欢的店便会一直去。去的次数多了，跟他们也熟络起来。他们一个是贵州人，另一个是昆明人，她问贵州的那个人：“你为什么来昆明？”

他就笑，坦然的样子：“为了陪他开店呀。”

他们对于食材、用料颇为讲究，每次去，都能吃到新鲜的卤味和棒骨。待客也大方，点一个汤锅，能送一桌子的菜。店里不卖饮料，你说渴了，他便从冰柜里取出大瓶装的雪碧给你，说：

“这是我们自己喝的，你只管喝，喝不完的留在瓶子里就好。”

跟所有做餐饮的人一样，他们也在憧憬着，等生意慢慢做大，就扩大店面，在店不远的树林里支几座烧烤架，还要卖贵州特有的吃食——丝娃娃。办厨的那位，有一次张罗她们坐下，忙活半天，给她们端出来一些丝娃娃，他说："你们吃，是新到的食材，用外皮把喜欢的馅儿裹起来，打着蘸水吃。"

她们就有模有样地学着他的姿态吃，味道很好，细嫩爽脆，是适合夏天的食物。见她们夸他，他高兴极了，一反往常地说了好多话，说他先前去贵州，最喜欢吃的就是丝娃娃，但是云南这边没有类似的店，于是想着自己来做一下。

她很喜欢他，因为他总是餍足的样子，你夸他一下，他就像早春枝头的花苞，噗的一下就笑开了。也是这个原因，在情绪低落的间歇，她总会到那家店里去。有时候并不急着点餐，只是坐在那张躺椅上，摸摸小狗，晒晒太阳，说些漫不经心的话。

寒假过后，他们的小店闭门谢客了好些天，她一度担心他们不会再开业了。但没多久，小店又开了，还是清清静静的，单挂着那方骨头汤招牌。

店里只剩下办厨的那位了，他在厨房里，忙得脚不沾地，一边招呼客人点餐，一边急吼吼地用勺子去舀饭，一不留神，勺子磕在桌沿，饭洒了一地。他没吭声，只是安静地蹲下来，一一捡起。吃过饭她就走了，因为看他太忙，不忍心占用他的时间。

第二次去，店里是两个陌生小伙子，她跟朋友点了往常吃的菜式，他们炒了端上来，肉质老，素菜又过于寡淡。碍于情面，她们硬着头皮吃，依然剩了大半盘。走出店外，看见周遭的墙壁上白纸黑字写着："店面转让。"

心下黯然。

于是好久没去，以为他们走了，再也不回来了。

一天傍晚，去小吃街附近买水果，远远地，又看见办厨的那个人坐在躺椅上出神。她高兴得连水果都忘了拿，颠颠儿地跑过去找他说话。他瘦了，也黑了，面庞上全是油光，头发许久未经打理的样子，趿一双廉价人字拖。

还没等她开口，他说："啊！太久没见到你了！"

她点点头，说："我也是。"

他窘迫地用手在身侧的衣服料子上刮擦几下，自顾自把她拉进店里坐，说："你坐，你坐，我给你做吃的。"

店里黑魆魆的，又脏又乱，几只没头苍蝇在她身旁流窜，冰柜里散落着一些棒骨和小菜。她看向店外，小狗也不见了。灶台上，旺旺的火烧起来。她坐在一旁，看他一个人倒油、下菜、炒料，空气里弥漫着熟悉的清淡又不寡淡的味道。

"那个人去哪儿了？"她问。

他手一顿，半晌，说："我们吵架了，他搬走了。"

她没往下问。

他把火关掉，洗洗锅子，说："店里还剩了些火腿，是朋友寄来的，味道很好，我炒给你吃。"

说完，去冰柜里取来火腿切片，用热油升温，撒一把蒜苗爆炒。炒好了，他把菜都盛进打包盒里，用抹布把溢出来的汤汁抹掉，把盒子认认真真盖好。

她伸手去取钱，被他止住了。

昏暗的店里，他的眼睛亮晶晶地眨巴着。

他说："不收钱的，你在我心里是我们的朋友，最后一顿饭做给你吃。"

没忍住，还是鼻头一酸。

说不清是因为他们的离别，还是他那句"我们"。

挨不死

在她还没学会抽烟之前,听港乐是排泄情绪的笨拙途径。

从二〇一七年八月到二〇一八年二月底,是她听港乐次数最多的时候,中意上杨千嬅跟容祖儿,她们唱的苦情歌里有一股强悍,是能拔出丝来的那种心酸,能经受住情爱打压、世人轻慢,还敢凝住眼泪细看。

情爱里的勇敢跟其他方面的勇敢不同,它不是对自身能力的挑战,而是弱水三千,喝完这一瓢,不是想象中的味道,也只能硬着头皮咽下去。一口一口地喝,肚子快撑破了,还是愿意趴在岸边豪饮。这种勇敢是永远不熄的热情。

那时候,她已经独身很久了。

她谈过很多次恋爱,次数多了,不免相信量变生成质变,觉得上了无数趟秋名山,即便出车祸也不至于把引擎撞烂。爱一个人,在一起;不爱了,就放手。分手是向来果决的,一斧头下去,斩断丝缕，抽身而退得那样潇洒利落，对方脸上的神情从来不屑去看。还要比个输赢，谁先心动、谁后离开，都算输。她不想输。

然后呢，喜欢上一个男孩子，重复甜美、争执、崎岖，直至分手。当说分手变成惯性之后，人对矛盾的耐受度就会降低，一丁点儿不如意就足以让她彻底放手。这一次，他没有像往常一样撵上来求和，而是比她更轻巧地说了声再见。

很烂俗的剧情，一个以为不会走，另一个以为会挽留。

《前任3》上映的时候她一个人去看了，坐在电影院里，不住地落泪，又找不到纸，狼狈地找邻座讨要，发现那个男孩子也在哭，一把眼泪一把鼻涕的。天南海北的两个人，坐在同一家破落的影院里，对着一部三流电影掏心掏肺。可能跟电影无关，她只是想找个地方哭，宿舍太逼仄了，其他地方又不方便哭。

无数次想要给他发消息说："你回来吧，或者让我回来好不好。"字都打好了，一个一个排列在对话框里，凉津津的，细碎的心绪，终究还是没有发出去。有一次凌晨四点醒来，翻完了他的微博，写了三千多字，忏悔似的又把跟他走过的路独自走了一程，鼻腔堵住了，不敢哭，只能很安静地平躺着，等那些黏稠的液体一点一点散开。

那些字也删了。像下雪，一场雪洋洋洒洒下来，将昨夜发生的所有一切，全盘覆盖。太倔了，雨天里站在电线杆上的鸟雀，明明晓得扑棱进屋里就有温暖的炉火和热毛巾，却都不肯，直愣愣地站在原地，紧抿嘴唇挨着冷雨。

到底还是更在意输赢。

就这么挨着，生生挨了半年。她的人际圈从来没有这么空旷过，一个暧昧对象都没有。也不是缺人，只是当对方靠近的时候，她会出于本能把他推开。都是很好的人，却都不是他。

一个人吃饭，一个人走路，一个人唱歌，一个人洗碗。太阳升起来就做事，太阳落了找不到人说晚安。大家都聪明，男女之间的"晚安"信息量很丰富，可能是一场结束，更多时候，它意味着某种开始。

友人给她寄来一张 Concert YY 的碟，里面彭羚和祖儿在唱："由这一分钟开始计起，春风秋雨间，限我对你以半年时间，慢慢地心淡。付清账单，平静地对你热度退减。一天一点伤心过，这一百数十晚，大概也够我，送我来回地狱又折返人间。春天分手，秋天会习惯，苦冲开了便淡……"

听完又哭了，莫名其妙的。

难过的原因由最初的"他不爱我了"变成"我好像丧失喜欢人的能力了"。她以为把他的所有联系方式都删掉就可以阻隔想念，事实证明这只会让她发掘出更繁复的方式去接近他。怎么可能忘记，怎么可以忘记，他是她彻底攻陷又拱手让人的一座城池。

所以当新的恋情出现时，她的感激多过了喜悦。因为起码还能有一个人——一个不是他的人，让她萌生出纯粹的快乐的能力。像流浪太久，突然得了一顿饱餐，不会只觉得饱足，而且感到欢喜，又感激。

她想，这一次终于要朝前走了。

二月过后，小区楼下的流浪动物们又挨过了一个寒冬。昆明的春天已经来了，粉色花朵大瓣大瓣地低垂下来，饱满，肉感，像浑圆的乳房。她伫立看着，越看越高兴，于是笑了出来。

就那么轻轻淡淡地笑了出来。

洛丽塔

1997 版《洛丽塔》中，杰瑞米·艾恩斯饰演的亨伯特，在出门添置物品返回小旅馆时，面对红唇斑驳、衣衫不整的洛，这个强势的中年男子，绝望地一边进入洛的身体，一边低声重复着哀求："Please, please, please."

他知道她的肉体背叛了自己，他知道他自始至终是她的玩具，是她生命中的"最是人间留不住"。但爱这回事向来不讲道理。

她实在中意这部电影。因为它展示了情爱的多样性。纯洁的、伟大的、神圣的，是爱；扭曲的、狭隘的、癫狂的，也是爱。

她喜欢他看向洛的眼神。无论在她稚嫩、柔媚、诱人的时候，还是臃肿、苍白、腹中怀着他人骨肉的时候，他总是那么近乎迷恋地、贪婪地，仿佛想把她嚼碎了咽进肚子似的看着她。世间那么多爱情，那种眼神，只有爱得忘乎所以的人才会有。

男人在影片中仅有的几次哭泣，都是为了那个不谙世事却又蛊惑

人心的小女孩儿。他那么深爱着她。她勾一勾手，他就顺从地俯
首称臣。她朱唇轻启，他的欲念就轻易地被唤醒。得知她被别人
占有，他一边进入她的身体，一边流着泪哀求她不要离开。

中年男子的软弱，一览无余，触目惊心。

她觉得这段感情很美。不是普世意义上的美感，它是暴力的、畸
形的、战战兢兢的、患得患失的、不被世人肯定的，但是它很纯
粹。在某种程度上，她向往这种爱情，暴烈又柔情，容不得掺杂
一丝一毫杂质，绝对占有，囚禁一般地独享彼此。

"无论何时，只要看她一眼，万般柔情，就涌上心头。"

其实你我何尝不是亨伯特。飞蛾扑火一般地爱着，即便油尽灯枯，
也在所不惜。我们每个人，都在爱与性之中饱受困顿，祈求出现
那么一个人，帮助我们从泥沼中挣脱。

所以，请让我爱你，哪怕以病态的方式。

男孩梦境

她做过很多梦。

每次入睡，她都会准时踏入梦境，只有在极度困倦的时候，才会坠入完全黑暗的水泽。所以她并不觉得睡眠是浪费生命，那是另一个维度的鲜活，一个更光怪陆离的平行空间。

小学时候她爱看鬼故事，小小的孩童，坐在破落书店的塑料板凳上，带着惶恐的爱意，自虐一样地一本一本看过去。她知晓所有经典桥段，以至夜晚即使口渴，也从不敢独自打开冰箱门。从不回头，从不抬头，从不刻意往床下看。

梦境复刻了那种恐惧，看完《盗墓笔记》，连续三天，她做梦都是人下到坟墓里爬上来，皮肉被水银灌注后撕脱的情节，那些梦或红或黑，丝丝缕缕织成一张密网，将她困在里面。

青春期的梦境并没有太多改变，总是被打压、被欺辱。在自身的梦境里，她是一只蝼蚁，命若草芥，奈何总是摁不死。哪怕有很长一阵子她每天什么都不干，单单想着死，也不会梦到死。

在她的梦里，自己永远不会死掉，死亡是一只泥鳅，她虔诚地伸出手去，哪怕已经将它握在手里，它也会光溜溜地滑出去。

有一次她被一只畸形的黑色大手追得四下奔逃，前方立着一栋高高的公寓，她钻进去，在楼梯间左拐右拐，眼见就要落入它手中，指尖碰触发梢的刹那，她化作一张轻飘飘的纸屑，荡进了垃圾桶里。后来听卢巧音的《垃圾》，听到第一句"如果我是半张废纸，让我，化蝶"，她一时间错愕。

还有一次，她梦到自己养了七只瓢虫。它们野蛮生长，发育成了七只兔子，被爸爸不小心丢进了河里。她把它们逐一打捞上岸，那一整夜的梦境，她都在太阳底下晾晒兔子。

这类梦境充斥着她的生命，飘荡在黑色的上空，随着天光亮起来，就顺势隐下去。它们不成篇章且毫无意义，但其间迸发出的敬畏、惶恐、快乐和爱意，都比现实里的感触强烈得多。

童年时期她分不清楚现实和梦境，那个时期的主观和客观，其实通通都算主观。孩子的世界里没有善恶因果，他看见什么、相信什么，什么就存在。

长大后她分得清了，因为在现实的世界里，她没有办法变成一张废纸，有很多压力在身后追着她，她只能一直一直往前跑，一个人，没有同伴。

但她更喜欢现实，因为现实里的她可以死。

最近她做了好梦，梦到一个有着洁净牙齿和嘴唇的男孩子，走进房间，把她轻轻抱起来，把她胳膊搭在他脖子上，托着她出门。门外是一条长长的被植被覆盖的道路，她们走在上面，好像永远走不到尽头。

你相信吗，她能摸到他手臂上微微凸起的温热血管。

中途她醒过来，知道这是梦，便把预设好的闹钟关掉，继续睡过去。他还在，望着她，睫毛投下一小方阴影，他在等她。她们继续走路。三个小时后，梦醒了。她努力释放睡意想让自己昏过去，但还是醒了过来。

在他身上获取的那种心安，是现实里有过一段关系的任何男孩儿都无法给予的，那是一种强大的平静，笼罩着她。无条件地相信，相信前方坚固、光明，没有水泽和阴影。

她会再次跟他见面，是直觉，也是笃信。

在此之前，她要好好吃饭，好好做梦，好好生活。

苏州河流

在某堂电影课上，戴金边眼镜，永远穿牛仔裤、板鞋的主讲老师提起多年前的一位学生，是个小姑娘，每年的圣诞前夜，她都会洗个热水澡，穿着睡衣把自己丢进沙发里，看一遍《真爱至上》，距今已有十来个年头。

一部单凭名字就能想象出全部剧情的电影，她想，占据属于自己的仪式感的电影，大抵是《颐和园》与《苏州河》。都是地名，有着相同的组词结构，来自同一位导演。娄烨是位非常善于发掘"折堕美感"的导演。在《洛丽塔》里，纳博科夫借亨伯特之口说，大多数人不具备区分普通漂亮女孩儿跟妖精的能力，他们不够敏感。而娄烨拥有这种罕见的触角。

更幸运的是，他可以用镜头逐一剥落，深度解析她们的美。

《颐和园》与《苏州河》都充斥着大量性镜头，郝蕾、周迅，黑色中长发女孩儿，人人都有一张花朵般颓败的脸，成日里无所事事，渴望感知自我存在，渴望被爱，永远无法拒绝驰骋在盗窃所得摩托车上的坏男孩儿。她更喜欢郝蕾，周迅的五官可以有很多种演绎方式，《风声》里伶俐而精致，《画皮》里妩媚得近妖，《十七岁的单车》里白嫩肉感，让人想要侵犯。郝蕾不同，她有着上扬的嘴唇，哭的时候也微微扬起，仿佛在索吻。

他们的爱情总是晦涩而狼狈的。两个被生活浸泡得湿漉漉的人，挤在角落里相互慰藉取暖，窗外色调阴沉，看上去令人齿冷，但因了这种冷，才有接踵而来的炽烈。世界太冷了，唯有眼泪是滚烫的，嘴唇是滚烫的，做爱是滚烫的。

没有比做爱更有爱的事了。

她中意那些裹挟着种种不如意的电影，就像中意顾长卫的《立春》。小城歌唱者王彩玲，天资不足，野心有余，怀着满腔的热忱，一心要唱到巴黎，讥讽唯一的追求者，所谓"宁吃鲜桃一口，不吃烂杏一筐"，终究落得个理想情爱两失意。蒋雯丽演得好，端着一副介于礼貌和傲气之间的神情，那些锋利的话藏在两颗龅牙下面，将发未发，皮肤上所有毛孔都能唱美声的神情，浮在那样一张丑脸上，更显得可怜。

就像中意一切看上去平庸、逼仄甚至负面的东西，时好时坏的抑郁，落魄停滞的县城和漏洞百出的她自己。

她相信，生活本该如此。

她一直拒绝接纳经济高速发展下林立的钢铁怪兽，也从不羡慕物欲横流的都市里的人。大家都太光鲜了，几近无懈可击，人造油脂浮在脸上，就界定不了几分真情、几分假意。她渴望的是一个小镇、一所小房子、一只猫，或许还会有一个人。他们搀扶着挨过漫长余生中的好与坏，深夜痛饮，有欲望就做爱，没有就牵手。

她想要百分之百的、丑就丑点的真实。

山长水阔都是别人的，她只要她的苏州河。

更好更圆的月亮

跟友人看夜场电影——《神秘巨星》，印度"国宝级"演员阿米尔·汗的新作。她对电影有单刀直入的印象，这个名字并不是她会去看的类型，她喜欢打垮后随意拼凑起来的词语组合，比如《山河故人》，比如《白日焰火》，但拗不过朋友的劝说，她也就跟着去了。

故事情节乏善可陈，小城里十五岁的小姑娘痴迷音乐，于填词、作曲、歌喉无不天赋异禀，将自己的作品发到优兔（YouTube）上，借助互联网提携，一步登天，也因此成功帮助母亲离开了家暴成性的丈夫。阻碍她前进的外力只有冥顽不灵的暴力狂父亲，网络给有天赋的人铺了一条零成本红毯，任何地方都可以是国家大剧院，只要你的招数亮得足够好看。

一个典型的励志收尾，入鞘漂亮，点到为止，赚足了在场观众的热泪。无论电影的内核与热点如何旁迁，爱和理想都是百戳不厌的收视泪点。

散场后，人们相拥离开，友人们开始讨论家暴对于一个家庭的毁灭式影响，以及个中的女权隐喻。阿米尔·汗被称为国宝，自然不仅在于他让几十亿人口捧腹大笑的演技，剧本涵盖的对弱势群体的关切才是大义，其中的联系跟企业家赚到大钱后必然搞慈善是一个道理。

她埋着头，有一搭没一搭地听着，自顾自在想，假设这个女孩儿没有博得满堂彩的能力和足量的赏识，这一切又会是什么样子。她倾向于相信负能量的东西，因为那更普遍，更可能蔓延到她身上，世界才不是十全十美的，它有一万只马脚，她喜欢看它们不小心露出来的样子。

其实另一种结局人们心知肚明，甚至司空见惯。

她会遭遇一桩连不幸看起来都非常平庸的婚姻，忍受一个陌生男人的鄙夷、唾骂、肿胀的性需求和拳打脚踢。她会习惯在被打后收拾好衣裙，给青紫的眼眶敷药，神色如常地给一家人做咖喱饭。她不会哭，因为哭在男人看来是变相的挑衅。她也不怎么会笑了。

"天赋"这个词的英译是 gift，她印象深刻。

智力水平和对新事物的开拓、汲取，创造的能力是如此重要，以至于它逾越了被世人理解、原谅的疆界，只好自我开脱说，那是老天爷赏饭吃。《十三邀》里，马东对许知远说："你是人群中的百分之五，就只关注属于你们的那百分之五好了，不要去担心剩下的百分之九十五，那不关你的事。"

这段话被梁欢批为"精英主义者对余下人口的锁智"。"锁智"这个词可太锋利了，时至今日，它还在一刀一刀地割着她，给人一种不期许的钝痛。

你的身子光洁如新，何须关照他人的泥泞。

百分之五的人因为上天给予的能力优势获得了更大限度的精神自由，那其他的百分之九十五呢？他们在浑浊但合理的生活里挨着，隐隐察觉出不对劲却又找不出暗道的机关，他们就像影片里第一次见到离婚协议书的母亲，噙了一汪泪，问："你怎么知道我愿意跟他离婚呢？离开他，我怎么生活？这是我的命数。"

"命数"当然是大词，她发现基础教育让人过早地吃下了很多大词，比如温柔，比如正义，比如爱。就好像一间毛坯房，被大而无当的砖瓦支撑起来，内里却是空空荡荡的。她还记得第一次切身感知到"命数"这个词，是多年前的某个冬夜，小雪欲降未降，寒意透骨，父亲从车站接她归家的途中，隔着窗玻璃，她看见菜市场的道路两旁挤挤挨挨蜷缩着好些老人，他们面前摆着结了霜的菜担子，一动不动守在原地，等顾客临门。为了保存体力一动不动，像一堆廉价装饰品。

"他们每天都在这里等啊，不然摊位被占了，菜就卖不出去了。"爸爸说。

她下去买了几把小葱，青绿鲜嫩，挂着水滴，三块钱。她递出去五块的票子，长满老年斑的手找回来两块，她下意识地想说"不用了"，却没说出口，怕对方觉得是施舍，况且哪里有两块钱的施舍。

那是凌晨两点。

这些年，她一直在不间断地读书、思考和写作，将自己的所爱、所感写下来，是记录，也希望被人看见，做一些力所能及的启发。就像那句"生活不只眼前的苟且，还有诗和远方"所表达的，她渴望通过自己的眼睛，去发掘更好、更圆的月亮。

她想，前缀不是 gifted 的人，即便没有与命运背道而驰的权利，也要咬紧牙关，不能过早耗尽关于生命的热望与英雄梦想。

夜深了，舞还没有停，他们不能提前退场。

不婚主义者自白

很早她就知道，自己是不会结婚的。

其实她不太想宣扬身处于某一主义，因为任何主义都有太多可以让人鞭辟入里进行挑刺儿的漏洞。她不想为不婚这一行为发声，也从未试图煽动人群，只想安静地为个人选择埋单。就像一个人在大家都进食的时段里不觉得饿，她就不必吃饭，更不必站起来跟大家宣布她是真的不饿，她只需要静静地坐在角落里就好了。

数任男友都跟她讲过：

"你只是现在不想结婚，等你再长大一些，就会发现婚姻制度的美好之处了。"

再悲观的人，提到未来的势态时也难免带上一丝憧憬。高三的时候，她的笔记本扉页上写着"最黑暗不过黎明前的一刹那"。

未来会好的，未来会改的，未来是一个鸟鸣缠绵的清晨，可以容

下所有矫枉过正的灵魂。

诚然，现代社会婚姻制度对于女性而言庇护的作用胜过剥削，这是经济层面。从社会层面来讲，人是群居动物，拥有稳固的两性关系、积蓄资本、共同抚育后代以获取尊重与赡养，是大势所趋，也是安全所向。

毛姆在《月亮和六便士》中讲道："我承认常规生活的社会价值，也看到了它井然有序的幸福。但是我的血液里充斥着一种渴望，渴望着一种更为狂放不羁的旅行，我的内心渴望着一种更为惊险的生活。"

看到这句话时，她简直想跟这个身材矮小、讲话磕巴的老头儿隔着脉脉时空来个世纪性拥抱。

从某种意义上来说，她不婚，恰恰是因为太相信婚姻制度，它是她理想主义构架的重要分支。

她比任何人都渴盼找到另一个孤独的根号三，他们相互理解、相互搀扶，打破外界的种种束缚，走向只属于彼此的质数的永恒。

爱情是一种特别灵的东西，与肉对立。它是一张创可贴，能够在所有淌着血的伤口上覆盖一个妥帖的"没关系"。而婚姻作为爱情的官方见证，理应成为无数人无条件相信的"没关系"，试问：谁不想在遭遇挫伤的时候把自己软软地团成一只猫的样子塞进某个人的怀里呢？

但是她不敢去相信。周遭俯拾即是的婚姻实例告诉她，一段婚姻在被时间消解过后，要么鸡零狗碎，要么貌合神离。

逼着一个小孩子去看理想的尸体，是一件很残忍的事。

《我们仨》里杨绛写尽了她跟钱锺书以及钱瑗的细碎美好，她很喜欢，简直爱不释手，但冷静下来后又自觉，高级知识分子的幸福婚姻是一种体面的相敬如宾，她不需要，也达不到。

《走到人生边上》里杨绛写道："我把钱锺书看得比自己重要，比自己有价值。我赖以成名的几出喜剧，能够和《围城》比吗？所以，他说想写一部长篇小说，我不仅赞成，还很高兴。我要他减少教课钟点，致力于写作，为节省开支，我辞掉女佣，做'灶下婢'是心甘情愿的。"

这种心甘情愿需要相似的灵魂和充分的理解。不把牺牲看作牺牲，就跟不把婚姻看作常态一样难得。

爱情一旦被看作某种常态，也就冷掉了。她要的是她跟他都武功盖世、刚愎自用、冥顽不灵，他们相互仇视、相互撕扯，终于在一个雷电交加的夜晚，他在断崖上凭剑指着她的喉咙，挑眉说"嫁给我"。

她的内心渴望一种更为惊险的生活。

还有一种秘而不宣的缘由来自欲望。步入婚姻，意味着要最大限度地熟悉另一个人的饮食起居和身体构造，熟悉他喜爱的菜式，他用盐的轻重，他的皮屑、鼾声甚至粪便气味。他每天早上七点醒来，跟她做一场爱，然后去洗澡，穿黑色西装，系灰色或者靛蓝色领带，傍晚六点下班，吃过晚饭看一会儿电视，或者搓搓麻将，又是一天。偶尔他们会在都着急用厕所的时候相互礼让，心不在焉做爱的时候，会有意识不看对方的眼睛。

这类拉拉杂杂的小事件会将他的性欲消磨殆尽。因为从本质上来讲，被打压、被隐藏的才叫欲望。婚姻制度捍卫了两个人合法做爱的权利，也扯下了两人之间最后一层遮羞布。

现代社会赋予了女性越发平等的经济地位，在有稳定收入来源、人格独立且愿意为自己的一切选择负责的大前提下，为了维持对爱情的信仰和忠诚于身体孜孜不倦的欲望，踏入不婚主义阵营，看上去似乎也就没那么牵强。

一直以来文化大环境都在不间断暗示着，个人是残缺的，需要找到另一个个体，相互扶持，形成新的社会单位才能算圆满。常规的事物就一定正确吗？或者说，在承认这种常规正确性的同时，两性制度有没有可能多元化？

她觉得是可能的。一个健康的社会，不应该是一条跑道，不需要人们垂着脑袋听枪声一响，就拼命奔向同一个终点；它应该是一隅草原，容得下采花的、跳高的、濯足的，每一种人生抉择都能从中汲取属于自身的快乐。

她所渴求的未来，是一座小房子、一辆电瓶车、一柜子书、一只猫、一个火烧得旺旺的壁炉。她和所爱的一切蜷缩在沙发上，伶仃而圆满地，过完生命这场寒冬。

再见，*puppy love*

她经历过两段暗恋。

第一段，初二到高三，五年。对方是校篮球队的主力，高个子男孩儿，微胖，方脸，小眼睛，厚嘴唇，爱笑，爱出风头，投三分球很准。球空心入筐的时候，他会好高兴地吹一声口哨，或者举起双臂奔跑。他是科比的球迷，总穿 24 号绿色球服，材质顺滑，在阳光下熠熠生辉，如同绸缎。

她就这么看了他五年。

他练球到很晚，在空旷的球场上，她盯准了他离开的间隙，上前抱了抱那个温热的他打过的球，像《冰河世纪》里的那只松鼠，心无旁骛地抱着它的果子，一脸餍足。

借口上厕所去看他控场的球赛；在他生日的时候通过广播台点飞轮海的《我超喜欢你》讲生日快乐；有同学告诉她，他正经过学校的人造喷泉，正在吃午饭的她把食物连同饭盒一起扔进垃圾桶里，飞奔下楼去碰面，因为念初中的他们不吃完饭洗过碗不能离开食堂。

他毕业了，在校的最后一场友谊赛，一个耍帅的三分球失误，撞出了篮圈。他在原地大笑，笑弯了腰，一群人跟着笑，她也笑。

她觉得他好，从来没想过要跟他在一起，配不上。再笨的小孩子长到十几岁，也不会继续相信童话故事。但是第一次遇到那么喜欢的人，她实在招架不住那些反复的、强烈的悸动，进而坠入了巨大的自卑。

五年，粗略两千天。即使在路上遇到他迎面走来，她也只是低着头慢慢踱步，假装不经意地掠过那双眼睛。

后来他念大学，女友是当时她高三的学姐，跟她住同一栋宿舍楼。周末看到他们，两个相称的背影肩抵着肩坐在宿舍楼下的长椅上。她在六楼搬个塑料板凳，透过百叶窗，安静地看着那两个背影，直到他们起身。

他是一场完美话剧，看了五年，也为她的臆想破灭填上一份完美答卷。

那是她第一次遇到喜欢这种东西，它吃掉了她的血肉，吐出一副硬邦邦的骨架，让她变得刀枪不入，也冷得彻骨。

那之后好久她都不知道应该怎样去喜欢另一个人，好多声音说茨威格的《一个陌生女人的来信》写得失真了，不是的。真有这样的傻子，可以接受情爱里的单机模式，可以不计损失、不求回报，甚至不需要被知晓。

她是他的影子，他越耀眼，她就缩得越小。

第二段暗恋是今年，在西宁去拉萨的火车上。

驻藏特警，白净健硕，露齿笑的时候像路边一棵清朗的白杨。填信息登记表，她没有带笔，他在背包里翻找半天，掏出一支英雄牌钢笔递过来。他看书，六百多页的厚度，从西方文明起源抽丝剥茧到当代制度，翻页的时候，纤长睫毛垂下来，在灯光下投出一点小小阴影。

他睡她对面的铺位，清晨六点下床，她还在睡。几近十一点的时候她醒来，他在听音乐，网易云界面是某首黄伟文填词的歌。

她说："你也喜欢港乐？"

他笑，点点头。

两个人，被哐哐作响的铁轨吵得难以入睡，倚着已经到站的下铺说了好些话——藏区风景、旅行经历、读过的书、喜欢的歌手、工作内容和前景。情感方面，他没说，她也没问。看到他无名指的银戒，朴拙、没有花纹，但毕竟是戒指。

聊完天，火车到站，他们也就散了，没有问对方的任何联系方式，甚至不知道对方的姓名。第三天在拉萨街头的玛吉阿米餐厅又遇见他，她跟友人刚好吃完，他带着妈妈入座，跟他们浅浅笑着打了个招呼，再也没回头。

其实她很清楚，喜欢他的程度不比上一段低。

只是她已经习惯了失去。

她习惯了看一个人的背影，看他越走越远，直到慢慢消失在拐角处；习惯了告诉自己不作为，因为对方是一个既定结果。

习惯了对难过脱敏，所以干脆连那句喜欢都不要说。

人的一生就这么短，三五十年，她哪里有胆量活到八十岁？还能遇到多少个动心的人呢，还能为谁折损多少次，还有多少热量支撑她爱下去？每一次都用尽了全力，每一次都几乎透支，到现在，她好像没有力气了，感觉得到喜欢，但听到对方经过楼下的消息只是笑着继续吃完一顿好饭。

她梦里都无法再次回到十五岁，会愿意为了一个人毫无保留地释放出如此巨大的能量。

到今天她已记不起那个人的面孔，但依然记得那种狂热的心境。为了他翘课，是可以的；为了他听完张震岳的所有歌，是可以的；为了给他拍下夕阳提前两小时去操场等，是可以的。

到底做了多少傻事呢？她记不得了，只要能让自己跟他之间产生一点点联系，无论做什么，都是可以的。

偏偏跟他在一起这件事，是不可以的。

我与你只有一个四季

蚂蚁在咬她的肉。

小小的牙齿，向下细看，是锋利的白。它们呼朋唤友，磕碰触角，越来越密集地围聚在她周身，汇成一条熠熠的黑色河流。

她不害怕，因为感觉不到疼，只是躺在地上，像一枚漫不经心的果实。其实不能用比喻句，因为她就是一枚果实，确切点来说是一个桃子。

六月，气温持续攀升，白昼侵占世界，每一寸土壤都承受阳光。花开到烂漫后凋谢，她长出来，挂在北边一条羸弱的枝丫上。植物的一生中没有什么新鲜事，命运也单一，不是自然腐烂，就是被吃掉，至于吃掉这个动词的主语是谁，她们无法掌控，因此并不关心。

汲取完一天中需要的养分，她就立在梢头，眺望整个村庄。她喜欢这里，河水洁净，粮食干燥，草垛焦黄，人们讲话习惯用亲近的调调，家家户户都熟稔，不讲究、不客套，全是人情。

雨水落得勤，她故意小口小口地喝。她已经能够一眼看到自己的命，想着长慢一点，活久一点。

怎么注意到那个男孩子的呢？是一个八月的傍晚，树梢靠南边的果子开始成熟，散发出甜腻香气。粉色气味笼罩着村庄上空，拙劣地勾引，但总有效。

远远地，有个男孩子走到树下，赤裸胸膛，三两下攀上树干，摘下一个桃。果实在他唇齿间咂出脆响，他吃完，把核吐到草地上，双脚有力钩悬枝丫，身形一挺，倒挂在树上看夕阳。

忽然，他的视线落到她身上，清澈的眼睛里一丝笑意也没有，不过是最寻常的打量。她有些心慌，任他盯着，定定看他眼里自己的倒影，一个鸦青的果子，跟其他果子别无二致，凑近看，像大树的一粒乳头。

几秒后，他扭过头去，留她在原地，恍惚想，被他吃掉的感觉也许不错。

那天以后她开始用力生长，总是第一个醒来，在经络里灌满新鲜浆液，采摘雨水，凑着小脸儿去晒太阳。她的脸被晒得红扑扑的，探出纤细绒毛，心里有什么东西在慢慢鼓胀。

一天一天，她变得越来越胖，汁水几乎撑破表皮，被网住的糖分不甘心地往外扩张，绷得皮面筋肉分明。

男孩儿再也没有出现，她闭上眼睛，脑海里全是他漂亮的脊骨，一张弓的弧度。

该走了，她当然知道，但她不甘心。她垂在树梢上，枝丫被臃肿的躯体扯得老长，待一秒钟都是多余。

该走了，身边的伙伴先后离开，她的脸比先前还要红许多，几乎渗出血来。思绪开始混乱，她第一次觉得孤单。枝头空落落的，秋意越来越浓，已经九月了，农人忙于收割，十米开外的土地上，临盆着她的死亡。

终于，她坠落下来，过于多汁的身体溅了小小的一摊，仿佛眼泪。时间脓一样流淌。

过了好久好久，他从村庄那头走来，轻盈姿态，经过她的时候，他停下来，看着那个被蚁群围住的桃子，摇摇头，说："这么好的果子，可惜了。"

她努力望向他的眼睛，用被蚕食得所剩无几的意识想："不可惜呀。"

一分五十秒上的西西弗斯

凌晨三点，她盘腿坐在黑暗里听歌，赤裸背部贴着墙面，凉津津的触觉。她习惯用一款极小众的音乐软件，因为她的读者总是乐于关注她的任何社交账号，连网易云都有三百来个粉丝。她觉得听歌是很私人的事情，她像一只刺猬，天性使然不愿意把柔软的腹部袒露出来。

那款软件是她无意中发现的，或许因为曲库版权太少，使用者数量相较于其他音乐软件而言近乎没有，她喜欢在一片空白里安营扎寨的感觉。每天的推送只有一首歌，今天是王菲的《守望麦田》，对于王菲的歌，她向来偏爱粤语一些，能听个囫囵但又拎不清整体的语言，总给人一种神秘感，像盛夏街头娉婷走过的女孩儿，觉得她热艳大抵也有"永远不会属于自己"这种心理暗示的加持。

那首歌的风格有点类似于《白痴》。她在微博上看过《白痴》的现场，王菲穿一身正红，黑色亮漆皮鞋，短发一丝不苟往后梳，左眼下方坠了一颗耀眼的泪，微醺似的摇曳在舞池中央。她觉得她太美了，用《朗读者》里的台词表达就是，"**她一生都成了那个片刻的信徒**"。

《守望麦田》徐徐推进，王菲的嗓音在全然的黑暗里显得越发妖异。她闭上眼睛，把音量调大，歌声如潮水一样灌满了耳朵。突然，在一分五十秒的音乐节点上，她听见另一个声音直戳戳地闯了进来，在完整的旋律里显得非常刺耳。是个男人的声音，普通话，他在说："有人吗？"

她暂停音乐，打开微信界面，刷新，并没有任何人发来语音消息。空洞地盯着发亮的屏幕，十几秒后，她清晰察觉到寒意像蛇一样顺着脊椎蜿蜒上来。

是歌里的声音。

莫名地，她壮着胆子把进度条拖到一分五十秒以前，再继续播放。那个声音果然还在，她的注意力高度集中后，男声的特征比上一次更明朗，是一副年轻的嗓子，介于二十岁到三十岁之间，掷地有声的三个字："有人吗？"

原来是不小心录进去的杂音，她松了一口气，旋即嗤笑自己的疑神疑鬼，笑了一会儿，觉得百无聊赖，困意窸窸窣窣冒出来。她拔掉耳机，把自己卷进了被褥里。

第二天夜里，宿舍熄了灯，她照例把平板电脑拿到床榻上，插上耳机，手指逐一划过歌曲列表，她漫不经心地想起那个年轻的声音。学校里的大多数男生都带有地方口音，要么 n 和 l 不分，要么把 ang 念成 an，有的过于疲软，有的偏公鸭嗓，有的含混不清仿佛卡了一口痰。那个声音跟他们不同，发音标准，咬字清晰，带点少年意味。

她喜欢捕捉这类音乐的不速之客，高中时听好妹妹乐队的《冬》，是现场版，秦昊开口的前几秒，有男人懒洋洋问询了一句："是冬是吧？"浓郁的京片子，让人联想起民国时倚在雕花凭栏上听戏的贵公子。

她点开那首《守望麦田》，空灵的唱腔倒灌进耳朵里，依然妖异。只是这一次，她隐隐开始期待那个一分五十秒的节点。进度条很快迫近了，歌手声音停歇的刹那间，熟悉的男人声音响起："又是你？我以为你不会来了。"

旋律在继续，突如其来的讶异让她微微张开了嘴，手指开始发抖，她再次拨弄进度条到一分五十秒，同样的话语在耳畔炸开："又是你？"

大概过了一个世纪那么久，她才勉强接受了这首歌里存在着一个男人这个荒诞的事实。不晓得曲子什么时候播放完毕了，她设置的单曲播放，开头的音乐继续流淌，在郊区的夜晚使人的神志格外清明。她没头没脑地猜测，这一次，他会说些什么？

一分五十秒，他说："你可以在评论区打字，我能看见。"

换作别人，一定会直截了当地把软件删除，但她习惯了在生活中遭遇这类看起来有点古怪的事情，比如一个人去吃麦当劳，刚拿着麦香鱼堡和辣翅出来，就被穿蓝色工装的陌生男人拦下了。他从上衣口袋里掏出一张从贵州到昆明的火车票，说自己从外地来打工，被人骗了，三天没有吃饭。她下意识地把手里的吃食递过去，他很自然地接过来，脸上的表情没有发生任何变化，说"不够吃"，然后把她的钱包拿过来，抽走了里面的一百块钱。

这样的事情经历多了，她得出一个结论：对于一个喜欢在夜间独自行动的小姑娘来说，没有什么不可能。

所以她想了想，在评论区打下一行字："你所在的这个空间是什么样子？"

确认发送的下一秒，她就后悔了，真是个蠢问题。一个活在名为《守望麦田》歌里的男人，他的世界能是什么样子？当然是一片麦田，说不定还有几条沟渠、一片湖水，湖面偶尔掠过几只水鸟。他吃在麦田，睡在麦田，长在麦田，死在麦田。

她没有拖动进度条，想着要留给他一点时间思考，曲子像河水一样推进，男人的声音里有掩盖不住的欣喜和茫然："是一座山，不算高，上面长满了树。"

他没说具体是什么树，她也就懒得问。她的留言被风刮到山顶上，为了看到她写的话，男人必须一次一次爬到山顶。他不可以在那里停留太久，因为风速过快，山顶气温很低。他没有名字，但她在心里偷偷叫他西西弗斯。希腊神话里，西西弗斯触犯了诸神，诸神为了惩罚他，要求他把一块巨石推上山顶。由于那巨石太重了，每每未到山顶就又滚下山去，前功尽弃，于是他就不断重复，永无休止地做着这件事，他的生命就在这样一件无效又无望的劳作当中慢慢消耗。

他是个乐天派的西西弗斯，对她的世界就像刚睁眼的牛犊一样充满好奇。她想过要编造一段华丽的人生，也许把斯嘉丽·约翰逊的日常照搬过来也说不定，但她又觉得没必要对另一个平行空间里的男人有任何隐瞒。他跟她遇到的所有人都不同，他们中间隔着一层玻璃壁罩，她只需要把话说完，然后离开，就像一场虚伪的慈善。

如果将生活的丰盛程度用一个开区间表达，斯嘉丽在右边，他的生活在左边，那么她就恰好在他靠右一点点的地方，也只是一点点而已。她在陌生的城市念大学，不听课，不参加社团活动，也没什么朋友，她习惯了一个人去百米开外的小吃街吃饭，一个人睡到下午一点，一个人吃特辣的牛油火锅，一个人坐十三站的地铁逛书店。跟家长为数不多的联系，就是在每个月按时打生活费时，自从她能靠写作养活自己后，这种联系也逐渐稀少起来。

她没什么情绪波动，巧妙地避开了繁复的人际关系，仿佛活在真空里。

她一直在听《守望麦田》，把自己的生活秩序剖白后，她开始跟那个活在一分五十秒上的男人聊一些琐碎的东西，比如她有过一个糟糕的前男友，在一起之后才发现他没有正式工作，对方在骗了她五千块后消失无踪。比如她是山城人氏，无辣不欢，没有朋友的原因之一是没人愿意跟她每一餐都吃同样的辣度。比如她喜欢用食物的名字给猫类命名，但其中她最喜欢的一只猫叫月亮。

她告诉他唯一觉得自己特别的时候是在小学。放学途中，她看见一只通体雪白的母鸡，连小小的鸡冠都是乳白色的，像一坨将化未化的奶油。长大后她才知道，原来动物也会得白化病。

他在那头笑，笑声从停顿到剧烈，百分之百的快乐。

她在耳机这头听他的声音，脑海里浮现出一捧满天星，一下子打垮，变作好多好多萤火虫。

她喜欢这种感觉，先前跟人网恋，对方告诉她，最好的感觉不过是两个人都知道要跟彼此做爱，但不知道具体哪天会做。后来这段恋情在还没有见面的时候就戛然而止了，是她提出的分手。她不喜欢、不知道具体哪天会有做爱的感觉，在冗长的拖沓里，一切还没有开始，她就已经倦怠了。

而与西西弗斯，她可以一眼看到他们的结局，他们永远不会做爱，而他永远都在。她不是信奉柏拉图精神恋爱的人，只是孤独，而他恰好也孤独。

在她之前，《守望麦田》被播放了四十七次，只有她留了下来，他告诉她，"你是一个特别的人"。她不知道这算不算告白，因为顾城和英子在火车上相遇，他递过去的信上就写着"你是一个特别的人"，她没问，她知道他不知道顾城。

她还是一个人吃火锅，点特辣锅底，菜品来来去去就那几样：深水青虾、生鲜鳝段、水牛毛肚、炒黄瓜片和土豆片，偶尔把青虾换成虾滑。都是需要把控火候及时捞起来的东西，烫鳝段的间隙，她会忙不迭地腾出手来给他打几行字。

留言写到两百条的时候，评论区密密麻麻都是她的心事，像一个病入膏肓的疯子，而他说过的那些话，仿佛冬夜里哈出的白气，转瞬即逝。她决定告诉他"你也是一个特别的人"，她决定告诉他顾城。在对话框里输入那行字，发送，她的手指又开始发抖，像她第一次在这首歌里听到他的声音一样。

她关掉平板电脑，平躺下来，胸口在黑夜里剧烈起伏。一整夜，她都没有点亮平板电脑。

醒来时已经接近下午两点，她等不及梳洗，蓬头垢面地拿过平板电脑，鼓起勇气点开《守望麦田》。一分五十秒，他的声音消失了，取而代之的是空落落的架子鼓和吉他声，一弦一弦刺进她的左心室。

一天、两天、三天，他彻底蒸发，再也没有出现。她长达两百条的留言挂在评论区，像呓语，又像梦魇。有很多次她都怀疑这一切是不是自己凭空捏造出来的，可能她太过孤单，分裂出了另一种人格。但她知道没有，她记得那个男人的声音，发音标准，咬字清晰，是在学校里听不到的声音。

可能他不喜欢她说的话，又不晓得怎么回绝，索性躲进了别的歌里；可能他爬到山顶的时候太过激动，摔下来跌得粉身碎骨，死掉了；可能他是某个恶俗童话故事里受巫婆诅咒的王子，只有被别人喜欢才能消除诅咒。谁知道？

她最后一次点开《守望麦田》，目光停驻在一分五十秒节点之前的那句歌词上："深爱过谁，一天可抵上一岁。"

III

那段盛夏灿烂过，长过一声叶落

但愿我们都可以好起来，

如果你死掉了，

我也为你高兴，

希望你也是。

立春

在前些天的某堂课上，清癯瘦削的男老师说：

"事实上，我们每一个人都是雌雄同体，身上都有着男性和女性的部分，只是占比因人而异。通常看来，健谈的人会被内敛寡言者吸引，性子暴烈的人则会被拥有温柔特质的人收服。我们终其一生，都在找寻世上另一个占比契合的自己。"

清晨，这话像一盆凉水，浇醒了她的瞌睡。她拿出笔，认认真真地把这段话誊写进课堂摘抄里。

一直以来，她都拎不清"男女有别"这个词试图诠释的概念。

从身体构造和两性角度剖析，这是个非常简单的问题：因为男孩子偏理性，健硕高大，能更轻松地做一些体力活儿；因为女孩子易感性，眼波像水，长裙下流淌着的都是风。

但让她不太舒服的是，用两性差异强制划清界限似乎在逐步成为一种默认的主流趋势。

姜思达采访 Ayawawa 的那段视频饱受争议，人们批判的火力点集中于她物化女性，并不断对其会员进行洗脑，使得她们甘愿成为男权社会的附庸。

而在她看来，可悲的不限于此，还在于这些女孩儿根本不晓得自己真正热爱什么、要去追逐什么，而是全权将头脑交给主流观念，做一些"女孩子该做的事"。美妆、瘦身、购物和猎捕男性，成为她们永不停歇的人生命题。

她偏爱那些具有中性气质的人，他们的灵魂是多元化的，有男性的坚毅果敢，也有女性的服帖、柔软。这种杂糅的特质使得他们超脱了性别赋予的刻板印象，而得以真真正正成为他们本身。男人和女人，如果将眼光死死盯在"男""女"这两个字上，就丧失了成为完善的"人"的可能。

一味纵容这种僵化的认知发展下去的后果，就是会不断冒出来莫名其妙的人，教你怎么做人。

前阵子甚嚣尘上的"同性恋群体是否应该为社会大众所认可"就证实了这一观点。倘若没有万千同性恋群体揭竿而起，怒斥新浪这一做法有违道德，那么微博撤销"禁止出现同性恋等言辞"这一规定的可能性微乎其微。可怕吗？这个社会，不仅在教你怎么做人，还试图教你怎么做爱。

她不觉得同性恋跟异性恋有什么本质上的分别，正如柴静那句用滥了的"爱不是一个器官对另一个器官的反应，而是一个灵魂对另一个灵魂的态度"所言，在"爱"这个字眼面前，众生平等。事实上，她还嫌这两种性取向太狭隘了呢。一个人可以喜欢山川湖泊、星辰海洋，也可以喜欢桅杆渔船、灯火雕像，旁人没资格管，也管不着。

顾长卫的电影《立春》里有这么一个片段，醉心于芭蕾舞的男教练，眉清目秀，因为举止过于女性化而被周遭人群指指点点，耻笑他娘娘腔。最终，为了自证清白，他在上课间隙，将一名女学员拖入男厕，在众目睽睽之下制造出强奸未遂的假象。

监狱里，他一身囚服，唇角勾起，轻轻地给探视的人跳了一支舞。阳光穿过狭窄的窗户漫在他身上，脖颈优美，身姿颀长，像鹤一样。

作为一名热衷于撸串、烫头、麻将、足疗等中年男子专属爱好的小姑娘，她由衷地希望她的读者能够竭力摆脱性别方面的刻板印象，去做自己真正热爱的事，成为自己真正愿意成为的人。不要因为世俗眼光而止步不前，更不要打着性别服软的幌子招摇撞骗。

她想要看见，每一个人都可以不用穿着那身肮脏的囚服，在阳光下自由地跳舞。

北方

她第一次到北方，北方跟她想象中一样。

小团的藻绿色植物不均匀地分布在旱地上，土壤细碎，被风侵蚀得近似粉末，作物的根被用塑料薄膜封在土里，只留出茎秆朝着天空的方向生长。

远处是群山，没有树，蓬松的不知名植被覆盖其上，那绿，越看越寡淡，跟南方的圆锥体不同，这里的山会毫无预料地断开，裸露出赭红内里，有时是一整个正面的红，如一块淡奶油做成的抹茶蛋糕，樱桃味内里饱满。

河流却是浓烈的，泥浆与液体扭缠，不分你我，一绞一绞奔向远方。

阳光比昆明还要灼人，空气里水分稀少，街头有藏族小孩儿经过，两颊被炙烤得黑里透红。

坐八小时的硬座到成都，再经由十七小时的卧铺到西宁、二十小时的硬座抵达拉萨，最后是三十七小时的卧铺回家。她坐硬座坐到脖子僵直，小腿酸痛难忍，下车瞬间几乎跌倒。卧铺车厢里有小孩儿夜哭，踢打嘶吼，执意不肯睡觉。

她在过道的肮脏水池洗漱，爬到上铺，塞上耳塞，分贝只能削弱一点点。困倦至极，舌尖舔过一颗颗牙齿，感知清甜的牙膏气味，却觉得愉快。

May 跟她笑，说，等以后她们都经济独立，买得起直达机票了，也许会怀念现在的日子。

她说，肯定会的。

本来预定好假期跟一众亲人去芽庄，她临时起意来了青藏。因为觉得彼此生疏，且大人的旅行非常无聊，不过按部就班去逛逛热门景点，组团拍照、戏耍、泡澡，享受最优厚的游客专属款待，回程的飞机上，心满意足地逐一修图，发布朋友圈以晾晒幸福。

她所定义的旅行，需要建立在了解的基础上。

收拾行囊去一座城市住几个月，光顾当地人常去的餐厅，抚摸道路两旁汗津津的植物，听方言戏谑、唾骂、字字伤心，看这座城市刮风、落雨、闪电、响晴。

每一座城市都是早已熟稔跟陌生人调情的风尘女子，短暂的时日只能领略到她的光鲜与轻佻，耐心摸索，待到好戏唱完，才能看到她的负重与斑驳。

交友、用情、旅行，都是如此，求仁得仁，抱着什么目的、花费多少心思，就会得到等量的反哺和回馈。

一切遭遇都是镜像对立，你是什么样的人，就会遇见什么样的人。

接下来她打算在西宁的小旅馆住两个月。私人开的青旅，外间是太空舱的造型，每个人巴掌大一小间，刚好够成人躺下熟睡，用自制竹帘与外部隔开，五脏六腑，样样齐全。住一晚五十块。

里间有大床房，也不过双倍的价钱，窗棂洁净，可以看到凝滞的黄河和云朵，除一张床外，别无他物。

她想着，写稿的日子就住大床房，太空舱的弹丸之地不便操作，无事的时候，就四下闲逛，看看这座城的建筑、居民、风土人情。

已经喝到西宁的酸奶，白净膏体上浮着一层乳黄色糖油，用瓷碗装着卖。她一口气喝下两碗。土火锅多肉，吃得人头昏，靠冰镇啤酒压着腻意才粗略吃完。她走在小路上，凉鞋踢踏，抚摸孩童胖嘟嘟的脸。

至于为什么来西宁，她也不知道。毫无逻辑地喜爱，并且想要花些时日继续爱。

她活得像一个摸象的盲人，爱着全凭直觉，活着图个自在。

被子

把厚被子晾在宿舍楼顶的露天阳台上,曝晒一整天。昆明的秋天也是明晃晃的,日光劈头盖脸倾覆而下,被子经受炙烤,变得越发蓬松绵软,恍若一团小小的云。

脸深埋进去,嗅到那股混杂着身体和阳光的干燥气味,抚摩它,感知温暖的力道,正如拥抱一位沉默的友人。

天黑了,把它收进屋里,安静地抱着入睡。

夜凉如水,被子囊括的这一仄天地,是世上为数不多的只属于她的理想国。

有了它,她可以在夜里放逐地想念,执拗地哽咽,快乐地流泪。

棉袄

去年冬天，她添置了一件棉外套，枣红色，很劣质的棉，腰身肥大松垮，帽子上粘了一圈暗淡的绒，打折下来九十块。

洗过一次后，不出意料，衣服缩水缩得厉害，加之被洗衣机翻搅得皱巴巴的，廉价感陡增，她索性把它扔进了宿舍楼下的垃圾桶。

一扭头，就把这茬儿给忘干净了。

过了一阵子，看见负责收她们这栋楼垃圾的阿姨也穿着一件枣红色的棉外套，款式、细节让她觉得分外眼熟。心下一琢磨，发现它就是她之前丢掉的那件。

阿姨很勤快，总是天不亮就来打扫楼道、整理垃圾，看见她们这帮学生还会礼貌地报以微笑。她总穿颜色灰暗的衣服，更多时候穿的是学校发放的土色工作服。那件缩水后的外套罩在她干瘪瘦小的身体上，格外合身，看得出来，她仔细地把布面熨烫过，看上去整洁不少。

远远望着，她像一团温暖但暗淡的火，安静地燃烧在校园的角落里。

那一刻她很后悔。因为她想起，那天丢衣服的时候，她径直把它丢进了混杂着汤汤水水、油渍污垢的垃圾桶里。

不知道阿姨洗了多久呢。

自那以后，每当她有什么旧衣服要丢掉，总会先把它们洗干净，用塑料袋妥帖地包裹好，放在垃圾桶的一侧。

她不知道自己这样做究竟有什么意义。但她总觉得，有可能会对别人产生一点意义，那就是她的意义。

雨夜

现在是凌晨三点，窗外在下雨。密密匝匝的雨，可以听见它们每一滴坠到地面，然后爆开的声音。还有雷声，不间断地，平地而起，响声巨大，仿佛一群讨债的人在踹家里的门。

她害怕打雷，从小就是。每逢电闪雷鸣，她就会跑到爸爸妈妈的房间，蜷缩在他们怀里睡。有好多次，雷声太大了，又毫无规律，他们睡意全无，索性打开灯，在暖黄的灯光下看书。他们看《故事会》，她不敢当着他们的面看《知音》，就翻开一本老旧的笑话书。

巴掌大小的书页，因为时间久远，变得黄而薄脆，像一张书签。那些笑话里偶尔夹杂着一些情色段落，在任何年代，下流都是好笑的膨化剂。记得里面有个笑话说，花木兰替父从军，在一次战争中受伤昏迷，被送去医院。小护士看完她沾染血迹的下身后，唏嘘道："好惨啊，鸡儿都被炸飞了。"

那两个字被妈妈用铅笔重重覆盖住了，但她还是一下就知道了，很多时候小孩子比大人们想象得更老到。

重庆的雨，雷声大，雨点小，下完也就完了，她常常没看几页书，就迷迷瞪瞪睡过去了。昆明可以下一整夜，它容不得天上有丝毫的乌云，晦暗云朵堆积在一起，没多久，就会痛痛快快下起雨来，直到每一个雨滴都落完，才心满意足地放晴。她好喜欢雨天，尤其是下雨的夜晚，人被困在狭小空间里，竟然觉得安全。

在微博里写道：

"国产影视作品里，男二号但凡是个中年人，永远都被简称作老周、老王、老杨、老李。'老'这个定冠词，是特别安全的存在，它意味着没有攻击性，也没有任何性吸引，它是中年情爱的底裤，穿不上，脱不得。到八十岁我也不会甘愿让别人这么叫我，我永远是阿乐，什么老不老的。"

但心意很快就变了，在暴雨的凌晨三点，忽然，就想变成老周、老王、老杨、老李、老田。人失去野心和挑剔的欲望，开始觉得一切都可以忍受，一切都让人心安，渴望世界一直下雨，一直一直，不要变。

雨天的时候，小动物们在做什么呢？那些拥有柔软皮毛的动物，比起甲壳类和海洋里的动物，好像没有可以直接抵御雨水的方式。上一次浮现这种念头是在年幼的某个夜晚，个头儿小小的女孩，撑一把伞出门，在滂沱大雨里，希望可以找到一只亟待解救的猫。

但是她没能找到，她不知道，猫科动物远比她更懂得自我保护和躲藏。

等你看到这一篇，她已经过完了生命中的第二十一个儿童节。

一个梦

有一次生病，吃了药，可能剂量超标了，昏昏欲睡，还没来得及洗漱，就一头栽进了被窝里。

黑甜梦境，混沌初开，周遭一片大雾，看不清，道不明，身体升腾而起，逐渐发热，钻出一只又一只猫来。

尔后下沉，像巨大白鸟的羽毛轻巧地随风吹落下来，落回地面。耳畔有吟唱，细若游丝，声音丝丝分明，仿佛琴弦。它弹一声，她颤一下。

再后来，什么都消失了。

她看见了时间，是透明液体，铺天盖地，缓缓流淌在荒芜的平原。星星出来了，一颗一颗，热寂地闪耀着，那么亮，盯着看久了，眼睛快要流下泪来。

她一个人，站在巨大的虚妄里，数了好多好多颗星星。心里很平静，几乎濒临快乐，她以为自己会一直数下去。可是，后来她醒了。

那一天她懂得了，睡眠是支离破碎的死亡，死亡是接连不断的睡眠。

狐狸秘密

很多年前，在一列灯光昏暗的绿皮火车上，她看见过一个小姑娘。

还是个奶娃娃，穿着印有草莓图案的裙子，软软的黑发耷拉下来，被妈妈抱在怀里。她们经过她座位的时候擦刮了一下，那个小娃娃就抬起头，看了她一眼。那一眼，她记到现在。

是双极漂亮的眼睛，乜斜着望着她，剔透明亮，像狐狸一样。后来，她一直下意识地在人群里寻找那双眼睛，可惜再也没能找到。

有一年夏天，她接到一个陌生号码的电话，里面有个苍老的声音在问："你是×××吗？"她说"不是"，那头沉默了一阵子，继续问："那你可以帮我找到×××吗？我是他妈妈，他好久没回家了。"她不知道该说什么——谎言还是安慰的话，只好默默跟那头儿对峙着，最终，那头的电流声"咔嗒"一下。

去年十一月，抑郁最严重的时候，她把自己的故事写到网上，被一些人看到。有个在北欧留学的人，添加了她的微信。闲谈中，那个人告诉她，自己重度抑郁，休学在家很久，一直瞒着国内的爸爸妈妈。

"你应该知道吧，有些在别人眼里自然而然的事情，对我来说太难了。"

谈话的结尾，她输入一行字：

"但愿我们都可以好起来，如果你死掉了，我也为你高兴，希望你也是。"

她就笑，说："我也是。"

在泳池里，一个男人安静地跟着她。他帮她登上水面那只巨大的皮球，又看她重重地摔入水里。他在她扎头发的时候轻轻把她托起。他游泳的姿势，像一尾鱼。

他们靠在池壁上，仰头看天花板上浮动的波纹，感受周围渐渐静谧的水声。没有人开口，世界沉入水底，漫不经心地游弋着，最后，他给了她一个漫不经心的吻。

发现一个无人问津的公众号，废弃的样子，浏览量稀少，上一次更新已经是很久之前了。点开一篇，是喜欢的风格。写作者持游戏的态度把玩文字，像把好看的珠子用发光的丝线串联起来，放进一个隐秘的盒子里。

那个号一直处在她的置顶列表，也在意料之内再也没有更新。

还有好多事，她都记得，即使记不得他们具体的样子，也记得他们给过她的感触和惊喜。他们的共同特点是，无迹可循。

像落雪，飘飘洒洒下了一整夜，拉开窗帘，你看到触手可及的皎洁，次日清晨打开门，却只看到空落落的人间。故事里的人呢，似乎也消失了。他们变成了电话簿上的一串号码、微信列表中的几个符号和大脑记忆里的一段模糊影像。两条平行线，擦肩只在一刹那，尔后又回到各自的轨道，越走越远。

那天听人说，多数人给世界留下的记忆，不过一百年。百年过后，尘归尘，土归土，不过是由另一些新鲜生命来诠释人间。竟然觉得快乐，自己在不算长的生命里，偷偷搜集了这些转瞬即逝的好东西。

没有任何人察觉，在她生前如此，死后更是。灰尘，花朵，野狗，话语，湿漉漉的男孩。

打开微信，看到一个只有两位数关注者的公众号更新了：一段语音，是个女孩。她听到她的声音，温软的，毫无攻击性，有鼻音，有停顿和低低的笑声。她在念一段十一分钟的独白，在空旷的房间里，好像闯进了一个小动物的世界，隔着墙壁偷听她的心事。

她想拥抱她。她几乎在爱着她。

把这些感触写进微博，没多久，底下有个账号评论说："你也是我的秘密。"

猫与二三事

它出现在三月，时值昆明的春天。

国内的北部地区都在下雪，这座城市却自顾自地放晴。天空一碧如洗，清澈得像湖水的倒影，桃花一嘟噜一嘟噜开满了，人走在街上，有莫名的好心情，几乎想张开双臂快快地朝前跑去。

是只野猫，年纪尚轻，还生着细软的小奶毛，耳朵因为螨虫秃噜了一大半，鼻头也因为同样的原因斑驳不堪，流浪时间久远，身子擦刮得黑一道白一道。昆明对于流浪动物来说，算是不幸中的万幸，适宜的温度在一定程度上保证了即使无人饲养，它们也能凭一己之力存活很久。

几近午夜，男友到小区楼下买饮料，刚出门就被它冒冒失失冲上来抱住了小腿。脏成一绺绺的绒毛触感依然好，朦胧里它就像一团灰色的雾，笼罩着人，驱散不开。

他先前养狗，在猫这方面没见过什么大场面，下意识轻轻摇晃腿部，算是对它示了好。没承想那头回响得更为热烈，直接徐徐瘫倒在地，恳求抚摩似的露出柔软肚皮。再不了解猫类的人也知道，猫天生血冷，养不熟，对被人抚弄的厌恶程度等同于上班，所以这只猫的举动让他有些受宠若惊。

他摸完，觉得手感还不错，抬起腿就往回走，边走边暗戳戳想，要是它再跟上来，就带它回家。他走到防护门口，一回头，看见它悄无声息地蹲在自己身后，近距离看，它显得更小了，风吹过来，背脊上打结的毛在晃，他的心也跟着晃起来。

于是他们这么一前一后地回了家。

次日下午，她翘了课乘地铁去看望它。车厢拥挤，一群人像沙丁鱼似的闷在罐头里，闷出一脸油和汗。一个半小时的车程将她喜悦的心气消磨殆尽，她穿条布裙子，蔫巴巴地坐在站台出口等男友，远远地，就看见他拎了个纸口袋朝她走来。

他已经过了高兴劲，脸上没什么表情，他走一步，她笑一下，到后来跳下台子就跑了过去。她把袋子扒拉开，里头是个毛茸茸的小脑袋，湛碧的眼珠亮晶晶的，像洗衣台上的两个肥皂泡，眼睛一眨不眨地盯着人看，理不直气也壮。

那一瞬间，她听见心里有根绷得铁紧的弦断了。

她养过猫。也是野猫，灰黑色，被发现的时候躺在街边，像只有气无力的小豹子。她以为它生病了，就用袋子装着带它去看医生。医生给它洗了个澡，做完检查后，说，它就是饿坏了。妈妈不喜欢小动物，在她的纠缠下，勉强同意把它养在茶楼，因为茶楼厨房近日闹耗子，有它在，即使不捉耗子也当半个门神使。

她叫它糍粑，名字的由来是一时兴起，取完才觉得滑稽，黑乎乎的一团，却顶着个软糯细白的名字。

每天傍晚，她都会拎些小鱼干去喂它，空旷暝暗的房间里，就她跟它两个来自不同物种的胖子，心平气和地面面相觑。自养了它之后才发现，野猫比家猫更容易发胖，结结实实挨过饿后，对于饥饿的恐慌就一直保留在它们脑袋里，促使它们尽可能地吃下更多的食物。

她喜欢看它吃饭，莽粗粗的势头，让人想起《大宅门》里有一集，白家老爷看不惯小辈吃饭时候的娇气、挑嘴，唤了个赶马的下人进来，问他："这一桌子菜，你能吃完吗？"那汉子一笑，说"能"。于是杯盏盘碟里的菜肴都被赶到一个瓷盆里，一家数口，看着那汉子闷着头，胡天胡地大嚼大啖。她好喜欢那场戏啊。过得没那么滋润的人吃饭，屏气凝神，万分专注，好像日光之下并无他事，唯有眼前的这碗白米饭。

那是她整个假期兴致最好的日子，往大了讲，猫对她是近乎信仰一般的存在，猫是诗歌，是盛放，是肉乎乎、油汪汪的一轮好月亮。

后来，糍粑死了。

它躺在她的裙子上，很安静，像她第一次找到它的时候那样。车子开得疾，盲目地兜兜转转，寻找着半夜还在开着门的宠物医院。给医生打电话，那头睡意盎然地问："吃下去多久了？一天？那应该是不行了，老鼠药效力很快的。"她在电话这头，感觉心一截一截冷下去。

后来她告诉自己，再也不要对任何不可把控的事物抱有期待。

给捡来的猫胡乱洗了个澡后，就带它去宠物医院体检。门口的小护士，戴顶油腻腻的帽子，提溜着袋子瞅了瞅，说："没大毛病，就是除除耳螨，去去猫瘟。"

她不放心，把它抱出来扛在肩膀上，全方位地展示："您再好好儿看看，万一是隐性的疾病呢？！"

她的眼球往上一翻："小家伙食欲旺盛吗？"

"旺盛，昨天夜里一口气吃了三个大鸡腿。"

"能吃就说明没什么大问题。"

确实是这样，食欲跟病情有直接关联，人也一样：吃不下饭，就说明身体病了；越吃不下，病得越严重；到了只能输液的地步，人就跟植物似的枯萎了。

给它上药，褐色的水剂均匀滴进毛发里，还在它鼻头涂了一点杀菌的乳膏，白花花的，正好挡在视线前面，怎么晃都晃不下来。它张大了嘴，用力地要去舔。

在同一条宠物街买完猫粮、猫砂、食盆和消毒用品，风尘仆仆地回到家。它颇为自来熟地从她怀里跃出来，一头扎进沙发里。爪子还没剪，细细弯弯，挺锋利，触到沙发的时候发出刺啦一声。过了会儿，它又奶声奶气地呻唤着，示意她男友给它切盐焗鸡腿吃。鸡腿是在街边买的速食产品，一整块，有点硬。他用小刀把肉切成一条条的，丢在地板上。猫仰着头，喜滋滋地看着肉丝从天而降。

吃饱了，跟他们一起看了会儿电视，它悠然跑到屎盆子里，痛痛快快解了个手。斟酌良久，男友说："我老觉得它不是只流浪猫。"

就各种细枝末节探讨了一会儿，他们一致认为，这个小崽子估计是经人饲养，不小心从家里走丢了，没戒备心，战斗力又弱，在跟流浪猫的食物争夺战中节节败退，瘦得横看成岭侧成峰。挨到快要饿死的关头，想着破罐子破摔，它就随便寻了个面善的抱了大腿。它娇气得很，生死关头，还不肯吃家里余下的狗粮，连火腿肠都不吃，必须吃盐焗鸡腿。

试问，天底下有哪只流浪猫会这样啊？

伺候它吃好喝好，夜色暗下来，华灯初上。男友去楼下的网吧办事，她抱了床棉被，昏昏沉沉瘫进床榻里。睡得七荤八素的间隙，脸上猛然一沉，像是被人揍了一拳，她吃痛着醒来，发现那家伙安之若素地趴在枕边，一点悔过的意思都没有。

它总是这样，明明处于弱势，依然心安理得。

她又好气又好笑地将它拎下床，正打算说些批评的措辞，它脑袋一撅，颠颠儿跑了出去。爪子剪过了，抓在木地板上，一点声音都没有。

她发了会儿蒙，继续睡。

没过一会儿，又被同样的阵痛折腾醒了。这次它不跑了，见她醒了，冷不丁又是一脚，一副官僚体系惯犯的派头。

瞌睡彻底散了，她盘腿坐起来，隔着漫漫黑夜，心平气和地跟它面面相觑。猫的心思很好懂的，它在这个家还没待熟，没有安全感，所以想找个活物陪着，即使两者语言不通，挤在一起也安心很多。还真是小孩儿。太瘦了，墨色的眼睛缀在脏兮兮的脸盘子上，望着她，忽闪忽闪，倒映出天花板投下的一点点光。所有猫类的眼睛都很像，都是天上星星最好的比方。

心里一动，她轻声问："糍粑，是你吗？"

那头伸了个懒腰，舔舔爪子上的毛，没说话。

一觉睡到冬天

立夏那天，她一个人去学校附近的小卖部买了支雪糕。鸡蛋奶油底心，巧克力脆皮，外面漫不经心覆了层瓜子碎，两块钱。她边走边舔，日头正盛，她吃得风卷残云，到最后，奶油还是化了，沾了她一手。于是沮丧地承认，夏天真的来了。

微博上有个默默关注的博主写道："立夏啦，我爱你。"

可她不喜欢夏天。

她从没在夏天谈过恋爱，因为胖，爱出汗，走在路上，像颗渐渐融化的水果硬糖。跟上一任男友第一次牵手的时候，她的掌心濡湿如潮，扭捏地想要抽回手，却被他握得更紧。他以为她在害羞，其实不是，她只是很难过。

难过自己藏无可藏的不体面。

山城的盛夏，是亮亮堂堂的炙热，太阳晃荡得似乎永不坠落，人浸润在汗渍里，腌透了，散发出咸腥气息。正午，学校操场，因为温度拔高，空气中有隐约紊乱波动的趋势，每个人都倦怠地眯着眼。

昆明不同，这座城市夏季的每一天都有三个季节。清早是春，凉风飒爽，柔软拂面；中午是夏，来势汹汹，草木皆兵；夜晚是秋，寒意萧索，一雨即冬。

所以，在昆明，度过夏天的方式，就像某些昼伏夜出的小动物，一觉睡到天光大亮，起身洗漱，大口大口地往胃里灌凉白开；然后蜷缩在书桌前，看书、写稿；待到日落西山，夜色漫上来，再换上干净衣物，出门觅食。

对夏天仅存的一丝好感，是在中学阶段的某天。暗恋的男孩子打完篮球，背部由于流汗过多而留下了一些盐渍。他红着脸膛急急往厕所赶，跟她撞了个满怀。那时候，她觉得他可爱，连带着夏天也可爱起来。

实际上是很羡慕那些乐陶陶拥抱盛夏的人的，他们跟这个季节的特有属性一样，热情、勃发、坦荡。她身边也有这样的朋友，说话爽气，笑容柔软胖大，快乐得掷地有声。跟她去吃饭，她总笑个不停，连服务员提醒说"脑花可能会有一点辣哦"也要嘻嘻哈哈回应"没事啦，我们川渝妹儿没有怕的"，她也跟着笑，这种情绪就像病毒性感冒，有一传十、十传百的功力。

吃过饭，她们从大楼里出来，看见如绸夜色里有上了年纪的人在跳广场舞，常听的流行乐震耳欲聋。朋友拉过她，混迹在最后一排，跟着领队大妈的步伐，松松垮垮地一扭一扭。那天她很开心，像在坚硬土壤里扒拉出一颗意料之外的松果。

但还是更愿意潜伏在夏天的昼长夜短里等待冬天。

寒冷让羽绒服合理化地掩盖住脂肪，掩盖住所有因肥胖而带来的焦灼和耻感，拉着心爱男孩儿的手，去吃烧烤，吃火锅，吃路边铁皮桶里烫手的烤红薯。那时候拥抱看起来是那么必要，他们长久贴合，似乎要永远不再分开。她怀念那个廉价的小旅馆，昏暗白炽灯和急促气流，冬夜里男孩儿突出的喉结和脊骨。

在夏天的白昼里长眠，可以一觉睡到冬天。清早起床，呼吸鲜冷空气，看雾凇沆砀。下一个冬天会遇到那个不再放开手的人吗？其实不用自我安慰的，确认这件事就像把手指插进冰块里再一转。

七月的一封来信

她去年看了一部电影，叫作《玛丽和马克思》，是一部黏土电影，可是里面的人物莫名地动人，她被他们那种互相珍惜、互相救赎的感情打动了。

那是她很喜欢、很喜欢的一部电影。

那时候，她已经一个人住一年多了。

她也是看过电影后开始想给一个陌生人写一封不知道会是什么内容的信，但是一直都没有开始写，有很多犹豫，怕对方不够理解，或者是不够信任。

她足够信任你，大概是因为你的坦荡和明亮。你像一个贪玩的小孩儿无所畏惧地站在正午太阳下，额头的汗水、脸上的污渍、唇角的笑意、眯起来的眼睛和身后毫无遮挡的黑色影子，全部都坦然地在那里。有人路过，有人驻留，有人心疼，有人评判。

她喜欢你那种什么都可以的模样。

什么时候开始关注你的已经忘了，反正也就是自去年开始她真正注意你，愿意了解你。你今年二十二岁了，对吧，她今年二十岁。不过你真的长得好小啊，如你所说，像一个天真的女童形象，总是悲哀的感觉很多，其他都不太深刻。

她现在好多时候对未来的感觉都是混沌的，只要每天有力气认真地过完就觉得很好了。她玩那个很火的"旅行青蛙"，之前还在抱怨自己很蠢，什么游戏都不会玩。可玩这个就很简单。

她很强烈地觉得和青蛙的关系是最好的关系，彼此都不过问、打扰，即使它出去旅行很多天不回来也没关系，因为知道它会回来的，它真自由、真独立，好棒啊。就抱着这样的想法，慢慢地开始以这样的态度去对待别人，没关系啊，你在不在都可以的，她知道你终有一天会回来。

她过两个月会辞职，要不要回长沙还不确定。

弟弟今年高考，打算等他高考完了她再辞职（如果那时候有工作的话），带他去旅行、去玩，首先是要去成都、重庆。她自己去过一次重庆，是为了林宥嘉的一场演唱会，匆忙回来，没有好好玩，一直记挂着，一定要再去好好玩。

她真的敲了好多字，希望没有让你觉得烦，算是毫无章法又乱糟糟的，跟你诉说了一些鸡飞狗跳的事情。因为她真的很后悔自己当初的不诚恳，所以才愿意在你这里心慌意乱地打开自己吧。

说到这里她已经非常紧张，心里很慌乱，但是也觉得放下一些什么了。

你不要有任何压力，各人有各人的生活和烂摊子，太多人走在太阳底下，穿着棉衣狼狈地遮住各种阴暗面，再汗如雨下。她也不知道以后会怎么样，也不会再做任何设想，只愿意很尽力地过完独自生活的每一天。

开心最重要了，晒太阳也很重要。

希望你开心，有一个香喷喷、软绵绵的假期。

——喜欢你的。

关于雪天的记忆

骑龙骑虎的山城人民啥子都见过，啥子都晓得，全城热恋，星锤流火，气温直飙至 40 摄氏度，照样小面、烧烤、火锅、冰啤酒，夜夜笙歌。老祖宗留给他们骨子里头的犟气、直爽和莽实，一句话，管你雷风电雨，老子没有怕的。

坐出租车，听司机摆龙门阵。说多年前有一股江湖势力，也就是大众意义上的坏蛋，跑到某个小区进行打砸抢。活动才拉开帷幕，坏蛋头子正在砸车砸门乱嗨，就听到楼上划破天际的一声："楼下嘞些龟儿子在做些啥子哟！"重庆妹儿嗓音尖厉，剪子一样，生生把众人的耳膜刮下一层皮。

于是整个小区沸腾起来，男人们抄着菜刀、棍棒和洗澡室里掰下来的铁喷头，女人们在楼上开始轮轮不重样的国骂助阵，小娃娃使出吃奶的力气看准了歹徒往楼下推电冰箱。抵御外贼，众志成城。

那群坏蛋还没拉开架势，就整整齐齐地躺成了一片。

这股子悍匪气质，遇到雪天就不顶用了。

雪天，整个人跟着那些罕见的白色物质，一截一截软下去，驯顺得像头刚睁眼的小鹿，好奇巴巴地伸出手脚去戳戳它、舔舔它，把它堆在车顶上、房屋上和喜欢的人的脖子上。从立交桥上望下去，不论是人还是车子，都顶了一坨，还正儿八经地把袜子剪破了拢成条围巾，圈在勉强看得出是个雪人的脖子上。

其实西南地区的雪下得小家子气得很，稀碎坚硬的颗粒物，有一搭没一搭地撒下来，风一吹，欲拒还迎似的洋洋洒洒，也不过就是撒盐空中差可拟。但是没关系，乡巴佬没见过，给多给少都是施舍，一丁点儿的雪，足够喂饱人们嗷嗷待哺的好奇心。要是哪个敢说："啧，这么大的也能叫雪？"下一秒就会被粗声粗气地打断："你晓得个锤子！"

活到二十一岁，她只看过两场雪。

一场是今天，一觉醒来，察觉到空气干冷得出奇，于是小心翼翼把脚伸出被窝，冻了一个激灵。赤脚在木地板上走，脚踝像是要跟着结冰。

拉开窗帘，看见楼下房屋覆了一层薄薄的雪，街道晦暗泥泞，泥泞的路面上走着零星几个行人。南方的雪只有刚下的时候干净，行人走过就脏了。大家都裹得严严实实，秋衣扎进秋裤里，秋裤扎进袜子里，腰围是平时的两倍。

她伫立良久，一直盯着看，边看边笑，觉得这是个好兆头，是落魄的美。脏就脏吧，管那么多呢。

还有一次是念初二那年，南山因为海拔的原因，添了一次大雪。层林尽染，天地皆白。小孩子们一窝蜂地跑出教室去打雪仗，纯白的地面满是脚印，人在雪上跑着，脚底有柔软的触感，仿佛在陷落，下一秒，又被笃定地接住。

这哪里是下雪，简直是过年。

更多的关于雪的记忆没有了，只记得，那年趁乱悄悄揉了一团雪球，砸到了暗恋的男孩子的校服上，浸出一个若有若无的形状。他俯身，背脊上是意欲撕裂校服的蝴蝶骨。

没记错的话，那次借力打力，是初中三年她跟他最接近的时刻。

夏天的最后一天

泳池快打烊了，落寞的灯光游弋在水面上，漾起一圈一圈的金黄。救生员放松了警惕，三三两两聚在一起聊天，掺杂着笑声的谈话偶尔伴着水花灌进耳朵里，溟蒙中，嘴巴吐出烟雾，烟雾缭绕升起，升到半空绽灭。

大家都疲倦得很了。

有的爬上岸，抖落淋淋的一身水；有的倚在浅水区光洁的石凳上，一动不动；有的在透明介质的庇护下调情、接吻。

她把身体仰面放进水里，在沉下去的前一秒，双脚保持一定的频率上下拍动，两只手臂像推开一个不情愿的拥抱一样，推开一堵水墙。身体浮起来时，她想象自己是一只巨大水母，没有语言系统，没有情绪，保持姿势，倒着往岸边回游。

水底嘈杂，各类声音搅拌在耳朵里，经过阻隔，变得有些失真。她认真地听着，把所有触角都浸没在水里，试图一一打捞起所有的声音，但最清晰的还是自己的呼吸声。平日里完全察觉不到的呼吸声，被放大数倍，像《李米的猜想》里周迅在暴烈的日光下气喘吁吁地寻找失落的爱人。她想，水母有耳朵吗，水母有思想吗，水母哭的时候用哪根须子揩眼泪呢。思绪好乱，像小城角落里缠成一团的落了厚灰的电线，说不清是有用的还是没用的，一拥而上。

过了一会儿，她安静下来，心里空荡荡的，往日的念想还在，只是被池水漂白了。游动着四肢，荡起小幅度的涟漪，她睁开眼睛，看见泳池深蓝的屋顶和岸边月光一样的灯光。盯住那团光火久了，眼睛发痛，原本分明的光线也随之变成了毛边。她一直看，孩子似的睁大了眼睛，一直看。

尖厉哨声响起，是催促上岸的信号。她好像猛然从一场大梦中回过神来，就像所有的漫长午睡一样，一步一步架构好海市蜃楼，在心里告诉自己"哦，这样一直生活下去好像也不错"，下一秒，就被强迫着醒来。她想起《华莱士人鱼》里岩井俊二写，两个有着人鱼血统的人交媾，会在半空浮起一团透明水体，包裹着他们，动作越激烈，水越稠密，受孕的那一刻，水体坠落，溅起巨大水块，和男性人鱼零落的肢体。

她踩住池底，爬上岸，在更衣室里擦干净身体，换上舒适衣物，骑着旧旧的单车从斜坡上飞驰下来，双脚垂直，不捏刹车。呼啦啦，迎着风，身体里有一群黑色鸟类扑棱出来，盘踞在上空。

路上看见个老人，推着一辆板车，上面放了好些皱巴巴的梨子和西瓜。她停下来，买了一个西瓜，三块钱。用红色劣质塑料袋装好，悬挂在车柄上，袋子在风里抖落出薄脆声响。

那天凌晨四点，她被空调冻醒，起身关完空调，却怎么都睡不着了。卧室有个小小的阳台，她把身子缩进里面，透过玻璃窗看路灯，像在海面上观望一豆一豆恍惚的渔火。

数到第三十七盏灯，困意上泛。她把自己裹进被子里，意识消失的前一刻，她知道，夏天结束了。

IV

生命从未如乐园

"你是最棒的大人。"

回家

在她念小学的某天，学校教务处下发了一张黑名单，上面印了约莫十个男孩子的证件照。老师告诉她们，最近学校附近抢劫猖獗，受害者往往是小学生，让她们看到这些人就绕道走。为首的那个男孩儿的头像被放大，她拿到单子一眼就看到他了，那张一点笑容也没有的瘦削的脸，是她表哥的。

莫名地，在一片议论声中，她沉默了。

她把那张薄薄的单子拿回家给她妈看，她妈皱着眉头看完，说："你不许在外头说他是你哥，听见没？"

她乖乖地点头。

有一次她真的遇上了他们，那条长满黄不拉唧的草的小路上，她被一个男孩儿拦下来。他握着一把匕首，径直问她要钱。她没敢吭声，正在掏荷包，听到后面有人喊了一声："让她走，她是我妹。"

她转过身去看着他，哑然片刻，说："今晚你要不要去我家吃饭？"

他叼着根烟，歪歪地靠在墙上，摆摆手："不了，你快走。"

印象中他总是那样，明明只比她大五岁，却一副大人的做派——抽烟、拼酒、逃课、抢钱，被他爸爸拴住手腕吊在房梁上打。他爸下手狠，他瘦削的身子常常布满鞭痕。他爸，也就是她的舅舅，是一个酒鬼，一辈子没做什么正事，成日在赌场和小酒馆里厮混，家中全靠做缝纫活儿的舅妈接点零活儿补贴家用。

没钱的时候，舅舅会找她妈借钱，每次都是千八百，是那种没办法找出正当理由推辞的数额，他也向来不还。

有一次她在街上碰见他，他高了，一如既往地瘦，手臂上有清晰的疤痕，穿一件发旧的黑 T 恤，微微佝着背，已经有了小痞子的样子。两个人都有些窘迫，一时间找不到话说，他拍拍她的脑袋，问她学习怎么样。

"挺好的。"她下意识地避开他伸过来的手，有些扭捏地应付着。

那似乎是她最后一次见到他。自那以后，她都是从别人口中得知他的消息。她去重庆主城念书的同年，他彻底丢了学业，当了混子。

第二次听到他的消息，是说他在县城的广场上跟人打架，被打断了肋骨,在医院躺了很久。她无法克制地想,他治疗的医药费是从哪里来的。

第三次听到他的消息,是他爸爸把他关在家里,给他剃了平头,四处托关系希望可以送他去部队当兵。他不肯,把家里能砸的东西都砸得稀烂。他下手重,但从来都任他爸爸打,不还手,也从来不打女生。

最近一次,是他跟人挑事的时候用来路不明的枪伤了人,伤得不轻,被人告到法院,被判了重刑。

她不清楚他究竟被判了几年,似乎是很长的年头。这些年,她一直没能再见到他。

前些日子一大家子聚起来吃饭,他爸爸也在席间,提起他时,笑着说:"我家雄飞啊,厉害得很,在监狱里还当了小头头,帮着警察管人呢!里面的人都很服他,他一出面,就没人敢闹事了。"

众人纷纷应和着。中年男人的面庞已然有了老态,觥筹交错间,她看见了他脸上一闪而过的疲惫神情。

不知为何,她突然很想回到那个被抢钱的下午,回到那条长满黄色枯草的小路,再问那个歪歪地靠在墙上抽烟的大男孩儿一遍:"我妈做了很多好吃的,你跟我回去好不好?"

舅妈

舅妈死掉那年她上初三，时值盛夏，周末拥挤溽热的公交车上，妈妈告诉她，舅妈自杀了。

她一时间没反应过来，因为年纪太轻，对死亡没什么具体概念，更不晓得这个名词意味着漫长的告别。她只是安静地看着身旁的妈妈泪流满面。

印象中舅妈是很常见的那类中年女人，瘦瘦高高，一头过度烫染的长发，初中文凭，骑着电瓶车给小卖部送货，勤劳、坚忍，做得一手好菜，喜欢搓麻将，笑声爽朗、明亮。

舅妈的小卖部在一座老桥的桥头，巴掌大小的地界，收拾得一尘不染。卖的东西不多，无非是些生活用品和小孩子们喜欢的吃食，最外面立了个透明的玻璃柜，里面用木架子摆放着种类不同的烟。有时候她坐在车上路过那座老桥，就能看见坐在店里的舅妈百无聊赖的脸。

每次学校放假，舅妈总是第一时间给她打电话："乐乐，你什么时候下来吃饭啊？舅妈给你做了小龙虾。"

舅妈做的小龙虾很好吃，挨个儿挑选出最活泼的虾，将虾线去净，干辣椒加葱蒜，猛火爆炒，吃完肉，余下的浓稠汤汁可以用来拌熟米线，一等一地鲜。

她夸舅妈："你可以去开一家龙虾排档。"

舅妈就笑，毫不掺假地高兴，舅妈说："我呀，开个小卖部就够啦。"

事实上舅妈确实也没什么野心，每天的生活内容就是送货、煮饭、打牌、清理，就是那种一马平川的，永远不会出现在新闻条目上的人生。

她喜欢舅妈，因为舅妈总是一脸餍足的样子，哪怕生活给过舅妈一些苦头，舅妈也甘之如饴。这样的人，会给人造成一种错觉，他们的生命力太过旺盛，以至你疑心她根本不会死。你总觉得她会一直在那儿，一直戳在阳光里，简直活成了一棵树，永远对着无关紧要的事情笑嘻嘻的。

所以直到舅妈下葬那天，她也没掉一滴眼泪。

她不信。

舅妈是喝药死的——百草枯，药效凶猛，加上连续两天颗粒未进，医生说，已经没有抢救的必要了。

"为什么？"她问妈妈。

那头神色黯然："因为你舅舅要跟你舅妈离婚。"

"他喜欢上别人了吗？"

妈妈一顿，半晌，轻轻"嗯"了一声。

她就想，离婚有什么要紧呢？跟一个不再喜欢自己的男人一刀两断，从某种意义上来讲，也算是好事。但在舅妈的固有观念里，婚姻关系就是舅妈的天，其余方面再强悍，天塌了，舅妈也就跟着塌了。

舅妈死后，很多人替舅妈不值，觉得白白将自己多年打拼来的车子、房子拱手让给了别人，觉得舅妈冲动和傻气。渐渐地，关于舅妈的议论声小了下去，人们只有在舅妈生日或者忌日的时候提上几句。

再后来，这些声音全然消失了，一片死寂。那时候她才晓得，人的遗忘速度是那样快，曾经深入骨血的至亲，也不过几年，就在记忆长河的冲刷下，被彻底湮灭。

在那之后的某年夏天，她跟友人去吃小龙虾，是有名的店铺。酒酣耳热之际，她问：

"你觉得味道怎么样？"

混沌里，友人下意识地说：

"没你舅妈做得好。"

然后她就哭了，眼泪鼻涕的，坐在人群里，号啕大哭。

那一天她终于承认，舅妈真的走了，再也不会回来了。那个像树一样坚韧明亮的人，被轻飘飘的痛楚连根拔起，运送去了很远很远的地方。

昨天夜里看到海子的一句诗：

"我年纪很轻，不用向谁告别。"

她就想起了舅妈。那个瘦瘦高高，有一头过度烫染的长发，初中文凭，骑着电瓶车给小卖部送货，勤劳、坚忍，做得一手好菜，喜欢搓麻将，笑声爽朗明亮的中年女人。

那年，她才三十五岁。

她年纪很轻，不用跟谁道别。

双生

忘了是在什么时候晓得的，妈妈流过一个孩子。

中文的简称很有意思，把流产简化为"流"，好像连带着过程削短，惨痛也减轻了，好像不是"血流"的"流"，而是"三分月色，七分流水"的"流"。

叙述故事的契机她忘记了，只记得妈妈脸上轻描淡写的神情，仿佛在说的不是一条命，而是一捧花、一场雨。妈妈说完那句话，极快地转移到另一个话题，并没有刻意的痕迹。记忆的锁舌微微弹开，咔嗒一声，又严丝合缝地闭上了。

即使跟妈妈向来不和，她也是打心眼儿里敬佩妈妈的。妈妈心狠，说要掉秤二十斤就连着几年不吃晚饭，是书面意义上的粒米不沾，每一份节食的痛楚乘以好多个三百六十五，人到中年，体重牢牢掌控在九十斤出头；也更勇敢，在二十岁的关口，跟一穷二白做小工的爸爸，毅然决然地生下她。

无畏得近乎无知。

那个孩子的性别无从知晓，像俄罗斯套娃，开到最后，看到里面最小的一个娃娃，因为身体实在太小，怎样细看都是面目模糊。有一个因素是确定的，她是在她之后到来的，之所以用女字旁的代词，是因为她一直想要个妹妹。她向来都觉得女孩子比男孩子好，有丰沛的心绪、敏锐的感知力，美也美得百态，是盛夏街头摇曳在地面的斑驳树影。

黄伟文在《裙下之臣》里写道："我要赞美上帝，活着就是无乐趣，也胜在有女人。"好奇相同躯体交媾诞生出的小小生命，跟她流着相同血浆的灵魂，到底是副什么光景。头发柔软吗？嘴唇甜美吗？身体是什么味道的，草莓味、杏仁味还是碧螺春味？是立在河那面的炫目篝火，还是跟她镜像对称的小怪物？

<u>独生的好处在于被全然地爱着，天上只有一轮烈日，路上也只走着一个人，全部的爱意劈头照射下来，人的每个角落都被照亮，明晃晃如同匕首，没有影子。</u>爸爸偶尔在微醺的时候拍着她的肩膀说："我只有你一个，所有的家业都是留给你的，吃什么、穿什么，不要吝啬。"

她说："好。"

独生的坏处是，无法被真正地理解。其实这话也说得轻巧，很多血肉相融的人也无法做到理解彼此，只是说，朝夕相处，可以领会到她的一些自我表达方面的细节。父母的爱是降临式的，由上而下，是一种亲切的关怀，但这关怀太端庄，会使进一步的倾诉欲望缄口。

一个人抽烟的时候，会想起那个离席过早的小孩子，如果有她在，生活会不会缓和一些？小学教科书上写，把痛苦说给人听，痛苦就会减半，真的吗？朋友的父母在她高考结束那年诞下二胎，朋友拉着她去爬山，站在山顶，将手拢成喇叭状，冲着山谷呐喊："我——恨——你——"

那个"恨"字加了重音，传得最远，空空荡荡飘在云上。"你"字则因为前一个字的音太重，倒显得指意不明，当然朋友也没说。她问："你想要一个兄弟姐妹吗？"朋友说："想，那样我就可以毫无负担地去死了。"

你知道，当一个家庭只有你是情、理、法上为双亲的晚年负责的时候，你的命就不再只是你的。他们给了你一个不由分说的开头，你就有义务返还给他们一个毫无悬念的收尾。如果可以选择，她当然选择不要出生。这世界很好、很大，但是没有什么理由让她一定留下。

还有一些时候，在想，为什么偏偏是她？两个小孩，百分之五十的可能性，没有道德约束，也无关经济困境，只是先来后到的问题，为什么偏偏是她？换作另一个孩子，可能更善良、更积极、更快乐。

后来想通了，这两个小孩，其实都是她。无论哪一具容器，必然经历她所经历的、读她所读的、爱她所爱的，盛放她该盛放的心绪。两支分流，高山低谷，也只会涌入一片湖海。

她和她，谁来做脚下那片影子，都没关系。影子到心脏的距离，就是冰冷到炽烈的距离。

一个夜

多年前远赴重庆主城求学，假期归来，坐了深夜的列车，因为车晚点，凌晨三点才抵达家乡的站台。

落了雪，白茫茫的一片，周遭寒冷异常。

她瑟缩着脖子，裹紧了大衣，拉着行李箱出站。

父亲穿着厚实的睡衣站在出站口显眼的地方，已等候多时，见她出来，给了她一个紧紧的拥抱，然后沉默着帮她拿箱子、提行李。

上了车，车子行驶在一片洁净里，仿佛川端康成笔下的雪国，有清洁、冷冽的美感。

细细打量着这座睡梦中的钢铁怪兽，半年不见，小城似乎也在不动声色地改变。

车里开始放起李健的《贝加尔湖畔》，那是她最喜欢的歌，父亲记得。

忽然感知到中年男人敦实、隐忍的爱意，望着窗外混沌的夜，她
欲言又止，嗫嚅良久，莫名落下泪来。

父爱如山，夜色如水，都是何其伟岸而温柔。

可是近黄昏

爷爷的酒罐放在堂屋后面的木头柜子上。

说是酒罐，其实不过是一个矿泉水瓶，不知道包装的塑料纸被弄到哪里去了，光秃秃的瓶身因为使用时间过长，握起来有黏腻手感。那瓶子混迹在一堆棕色的药罐子里，不太好找，加上老屋内灯光昏暗，有时候要把爷爷的胃药、高血压药和各种止痛方子都拎到一边才能看见。

二十年前爷爷退休后，就开始喝酒。他原先是个给事业单位开车的司机，因为工作原因常常驾车跨省去各个地方，领略了不少风土人情，可能因为长途奔波累坏了，按规定交接完工作后，他就安心待在家里，哪儿也不去了。即便是百米开外的西门桥，他也不肯清早去上面走走，那地方是退休老人的集散地，他反感那种夹生的热闹。因为实在闲来无事，他饮酒的量从起初的小酌越演越烈，演变成而今的一刻钟喝一次。

爷爷身体不好，常年靠药物吊着，才没患上什么大的病，但药物的支援就像堵住水坝的石头壁垒，随着河水漫延，终究也会有溃堤的一天。足不出户加上酒精的冲击，他已经不能正常行走了。

二姑在县城做护士，来看望老人的时候也会顺便给他吊一会儿针。她小时候很顽劣，常常被爷爷奶奶苛待，甚至被罚不许吃饭，饿急了就到猪圈里寻猪食，所以成年后有了钱，对父亲依然非常畏惧。老人的情况已经很差，她也只是赔着小心提一嘴："爸爸，你少喝点酒对身体会更好。"爷爷不吭声，静静望着透明的液体徐徐淌进血管，针头锋利，被刺破的皮肤上有一个紫红色的印记。等到输液结束，印记由红转青，他才不急不缓地说："我只有这一个爱好，酒都不许我喝了，我还活着干什么？"

爷爷向来都是扮演严父的角色，老了以后也没有半分收敛。小辈们都怕他，远房亲戚领着小孩子来看他，脆生生叫他一声"大爷爷"，他也只是轻描淡写地"嗯"一声。小娃娃没住过老房子，瞪着大眼睛新奇地这边摸摸那边看看，爬上他二十世纪九十年代花大价钱买来的紫檀木雕花长椅。他一拍桌子，砰的一声，还没开口训斥，那娃娃就已经吓得哇哇直哭。

她是爷爷唯一喜爱的孩子，这里面的由头她搞不清楚。奶奶说，她小时候是被他带大的，他常常用自己编的竹背篓背着她去菜市场看鱼。那些鱼用大红塑料盆装着，搁置在浅浅的自来水里动弹不得，斜着身子，挣扎着多喝几口水。他指着那些鱼，一条一条教她认，他说一句，她跟一句，他再提问，她答对了，他就很高兴。鱼都认完了，他还是背着她，照原路返回，一直走到家附近的小卖部，花几毛钱给她买干脆面。那些鱼她早忘干净了，但还记得干脆面，是用细长的透明塑料管装起来的，面条五颜六色，顶端套了只颜色同样鲜艳的气球，把面吃完了，可以往气球里灌满水，去砸驶过家门口的面包车。

傍晚去奶奶家吃饭，见爷爷斜斜地坐在床沿，拄着根拐杖费力地打算起身。那拐杖也老了，抓手的地方刻了条粗糙的龙，龙的嘴里含了颗玻璃球，爷爷喜欢一边看电视，一边有意无意去拨弄那颗球。她去搀爷爷，把他的另一只手臂扶在肩上。就这样，他一边执拐杖，一边倚着她，一寸一寸慢慢吞吞地往前挪。

几步路的距离，爷爷挪了将近五分钟。毛拖鞋的底子被沉重缓滞的步伐压着，在水泥地板上发出巨大的摩擦声。腿脚生锈了似的不听使唤，有时爷爷明明迈出了坚定的一步，触到地面的瞬间又膝盖一弯，差点摔倒。她适应了爷爷的节奏，还是提心吊胆，生怕哪一步他就彻底踏空。

路程走了一半，爷爷摆摆手，示意她停下来，尔后一屁股瘫倒进一旁的软皮沙发里。

他很安静地坐着，整个人陷在里面，一如陷在他的晚年里。良久，他说："你去床上把我的帽子拿来，脑壳冷。"

她走进房间，从层层叠叠的被褥里找到帽子，还是爸爸妈妈结婚时家里放不下，匀给他们的花被，有着那个时代特有的坚硬触感。帽子里面残留着一些头皮屑，灰白色，有小拇指指甲的一半大。她把它们抖搂干净，递给爷爷。

爷爷接过来，又拿起拐杖，重复着刚才的步子，一步一步地走。他的肩膀剧烈地抖动着，将不间断的战栗传递到她身上，像座快要崩塌的山脊。她从没有这么切身地领会到"牵一发而动全身"这个句子的含义。

去年夏天，奶奶在下公交车的瞬间被一辆疾驰而过的摩托车撞倒在地，轻微脑震荡，肢体多处擦伤，住了院。

她捧着花去探望，看见在病房出来的拐角处铺了张锈迹斑斑的简易病床，上面躺着个老人。时值盛夏，他身上盖了厚厚的被褥，小腿露在外面，全是曲张的静脉，整个人薄得像一张纸。

那天的医院很热闹，隔壁病房有个男人死了，他的妻子，一个务农的中年妇女瘫在地上号啕大哭，大股大股的泪水顺着脖颈滑下来，打湿了领口前的一片。亲人们拉住她，也在一旁跟着落泪，倒是办公室里的医生、护士，神色如常，显然已经看惯了生生死死。

没有人注意到那个老人。

他没有昏迷，一张风烛残年的脸定定地张望着，嘴里不住地喃喃：

"脚指甲，指甲。"

她看向他的脚趾，因为太久没有修剪，粗糙、锋利的指甲深深嵌进了肉里，周遭都是散不开的瘀血，紫红一片，大脚趾尤甚，简直像一颗熟透的葡萄，轻轻一戳，就会流出猩红的浆汁。

隔了那么久，那片紫红仍然印在她的脑海里，挥之不去。

前些天，家里喂养的一条热带鱼病倒了，左边鱼眼上覆了层白花花的膜，侧着身子，大尾巴有气无力地一晃一晃。隔着水族箱玻璃，她跟它对视，其间恶作剧般用手猛拍玻璃。其他鱼尾巴一甩，轻快地逃窜了；它没有，很坦然地，继续一晃一晃，想来已经游不动了。

爸爸用塑料袋把它装起来，拎到茶楼去喂猫。在开车的路上，它在袋子里小幅度地扑腾着，一下，一下，塑料袋晃动的细碎声响，像爷爷鞋底的摩擦声。

爸爸说，它跟了他们这么多年，已经彻底老了，不如发挥一下余热，刚好喂猫的粮食也空了。

她没接话。

在想，鱼老了，就给猫做饲料；人老了，是给什么生命形态做补给呢？

要该有多强悍，才敢一个人在生命路途上走到天黑。一直走，走到手里的火光油尽灯枯，走到身体被病痛蚕食殆尽，走到那个注定的结局迎头砸下来，哐当，再带着笑意，闭上眼睛。

信任的样子

《狼人杀》里有个一针见血的技巧，叫不要看一个人说了什么，而是直接看他做了哪些事，哪怕他把自身的好人一面聊出一朵花来，但凡上了匪票，就有是狼人的嫌疑。

这个朴素的道理贯穿整个游戏全局，同样也可以贯穿人生。

实际上，她不太乐意去讨伐那些所谓情感里的渣滓，因为恋爱跟审美一样，是非常私人化的事情，撕破脸皮把自身的伤口陈列给旁人看，有煽动的意味，也有博取同情的嫌疑。"爱"这个字眼千人千面，说到底，遇人不淑无非是周瑜打黄盖 —— 一个愿打一个愿挨。

但在近期频发的性侵事件中，她发现了这些渣滓都有一些共性，那就是用自身扭曲的价值观给"爱"下定义。

学术圈的人做歹事，给自己脱罪的常见小伎俩就是消解意义，甚至重构意义。 在公众的认知范畴，恋爱是彼此都单身且赤诚相爱的人才玩得起的游戏，而这些所谓的学者，在已有家室的前提下，利用认知和权力结构不对等的破绽，公然侵犯学生，事后还大言不惭地告诉受害者，这是"爱"的另一种诠释。他们说谎的做派，和平日里授课的时候一模一样。

所以绝望如林奕含，至死都在自我拷问：老师的下作行径究竟有没有爱的成分？

她喜欢这个像鹿一样的小女孩，她很有趣，不是那种金玉其外的有趣，是实打实的，有着学术底蕴和自成一派的观念体系的有趣。在她的书里，她看见了剖析和辩白，这种聪明让发生在她身上的戕害更加触目惊心。

她充分理解学生对老师的那种天然的无条件信任，因为在他们的记忆中，一直是老师在传授对这个世界的定义。小到一丛草、一棵树，大到人生观念，都是老师牵着他们的手——去辨识、去感知、去理解。老师替他们划分美与丑、爱与恨的疆界，所以当老师试图曲解善与恶的定义时，信任的惯性让学生毫无知觉。

当分歧出现时，不会选择怀疑老师的受害者，就开始了自我搏斗的过程。

类似的盲从很常见，往昔科技尚且不发达时，人们习惯于听从舆论领袖和达官显贵的意见，就像精英主义者宣扬的，一小撮精英群体的思想统筹规划着整个人类世界。现代人也一样，只不过部分话语权转移到了流量领袖上面。人们大肆转发各平台流量领袖煮好的鸡汤、写下的观点，昂扬他们的昂扬，煽动他们的煽动，澎湃他们的澎湃。

这种无条件的信任，是上述畸形师生关系的翻版。

他们习惯于放弃独立思考，信任常年掌握话语权的第三方的所有言论，纵容其扭曲事实，直到舆论的枪口对准自己，脸上还挂着信任的样子。

作为一个偶尔也被叫作"大V"的人，她反感这种带有谄媚意味的称谓。一个人的关注者多真的没什么了不起的，或许他确乎存在不同于常人的闪光点，或许他确乎聪明、可爱、勇敢，但这些品质与道德无关。有时候道德污点的存在，就像一个心脏健全的人得了胃病，你不可能指着他的心脏说他很健康，这是自欺欺人。

一旦涉及道德伦理范畴，就要抽离自身对舆论领袖的盲目崇拜和刻板印象，认真打量他的观点是否失之偏颇，他的恶习是否有迹可循。毕竟在这个利益关系相互勾连的世界里，要确保一个人自始至终说正确的话语，何其不易，光是忠于他本身的思想就已经很难了，况且有些人只有在涉及利益牵扯时才会变成坏人。

有一部她很喜欢的小众惊悚片叫《狗牙》，片子里的变态父母将三名儿女囚禁在与世隔绝的一方天地里，用自己扭曲的价值观和不同于常规社会的词汇定义来调教她们，甚至利用无知的女儿满足儿子的性需求。在这一操控下，三个小孩子也都变成了狰狞的怪物。他们同情心缺失，会用利器伤害彼此，甚至会残忍地杀死蹿入院子里的小猫。

其中有个镜头她印象深刻，是小女儿在餐桌上指着一瓶胡椒粉对母亲说："妈妈，帮我拿一下电话。"

如果可以，她想一拳打在中年女人假装慈爱的脸上，再转身告诉那个小姑娘："亲爱的，这不是电话，它从来都不是电话。"

爸爸的谎言

跟爸爸走在昆明街头，迎面走来好多穿迷彩服的人。

她问："老爸，这儿怎么有这么多当兵的啊？"

爸爸挠了挠没剩几根头发的脑袋，说："云南军区嘛！"

后来她才知道，那是云南大学军训的新生。

舅舅送了她一只八哥，关在笼子里。吃饭时，爸爸唆使她：

"崽，你把笼子打开，喂它点肉，它以后就会屁颠屁颠地跟着你啦。"

她将信将疑，夹了块肉，刚打开笼子，八哥扑棱一下蹿出来，飞远了。

她一头雾水。

他："噢！我记错了！我说的是巴儿狗！就是那种眼睛圆鼓鼓的狗！"

跟他一起看《我是歌手》，适逢韩红出场唱歌。

他："哇，这么多年了，她还是这么胖。"

她："老爸，你知道韩红呀？"

他："知道啊，她跟孙楠结婚好多年了。"

她："可是孙楠的老婆好像不是她啊。"

他："那就是刘欢。"

她上幼儿园时，六一儿童节，园内举办有奖竞赛，胜出的那方可以戳破悬挂在房檐下的气球。气球里藏着一个小字条，上面写着相应的奖励。她不聪明，个头儿又小，比了好几次都输了，垂头丧气地坐在台阶上，要无赖不比了。

爸爸来接她，问清楚大致情况后，给她吹了一个气球，她戳破后，里面什么都没有。

她："老爸，这个里面什么都没有呀。"

爸爸："老师说了，没有小字条的就奖励那个小朋友最喜欢的东西。你想要什么？"

她支着小脑袋瓜想了想，说：

"椰奶。"

他说"好"，然后把她驮在脖子上，带着她去小卖部买了整整一箱椰奶。

那是她记忆中最快乐的一个儿童节。

那天看电影《美丽人生》，里面的父亲为了保护孩子幼小的心灵，几乎耗尽了心血，绞尽脑汁地使他在纳粹严酷的统治期间也有一个健全的童年。一时间，就想起了她的父亲。

越长大越懂得，父亲那些夸张的臆想和信马由缰的言辞，可能仅仅是想在女儿面前维持一个学识渊博、无所不知的伟岸形象。力的作用是相互的，儿时的她有多崇拜他，现下的他就有多竭力去保全自己的尊严。他没有念过几年书，所以在这些年里，胡说八道的水准变得越发蹩脚了。

但是没关系啦，老爸。

该配合你演出的她一定尽力表演。

多汁的意义

寒假回家后，她的作息井然有序。

中午十二点起床看书，她的房间有一个小小的阳台，不大不小正好能够容纳她的身体，她喜欢把自己塞进相对封闭的空间里，像一只蚌壳，用物理方式讨个清静。从十八楼的窗户望下去，可以看到蚂蚁一样密集的行人，车流有指甲盖大小。她看一会儿书，对着人群出一会儿神，观察他们的一举一动，借此安慰自己并没有跟社会脱节。

其间也会在微信上跟友人插科打诨，她朋友不多，同样生活在县城里的只有一个，她们总是打满一屏幕的字，但具体说了什么，双方都不太晓得，估计跟拎一袋瓜子在广场长椅上碰头的老太太们的谈话性质八九不离十。挨到下午五点，爸爸下班接她去奶奶家吃晚饭。她坐在车里，近距离看窗外掠过的一模一样的风景，莫名地安心。

一家人围着炉子烤火，小县城里特有的暖炉，外观是一个再普通不过的实木箱子，里面安装了两根可以烧得透红的电管，穿袜子的脚搁在上面，用棉被盖起来，腿部以下地区就正式进入夏天。他们看本土电视节目，听里面的人跟自己讲同样的方言，觉得直观上的亲切，屏幕里外的人都用这种方言调情、骂街、零碎聊天。看完电视，时针指向九点，她去茶楼喂猫，回家看纪录片，凌晨塞上耳机，开始写作。

没有任何计划和期待，完全把自己交付给琐碎的生活。她以为写作源于生活，但现在看来不完全是，日子久了，写文章类似于一种定时排泄，拉下拉链，就可以排出一些无意识的含混东西。

日子简单到什么程度呢？随便来个歹徒跟踪她三天，就可以信手拈来把她截和。

那天接到一个回答邀请，问，如果必须在一个地方待上一辈子，她会选择哪里。

她几乎不假思索地在心里说出了小镇的名字。

以前讨厌它，因为人与人的关系实在太近，像在一个过于逼仄的舞台上表演话剧，没有剧本、没有彩排，还要忍受三姑六婆吹毛求疵的打量和审判。在一群字面意义上看着你长大的人眼里展现自己的独立人格，有种班门弄斧的羞耻感。

另一个缘由是因为它灰头土脸。胡乱规划的街道，偃旗息鼓的商圈，嗓门儿比天高的邻里乡亲。县城一下雨，街边的水凼里就漂起来路不明的菜叶子，穿平底鞋难免沾上污渍，但在这里，鞋跟超过五厘米不太合适。大家都在凑合着过活，端着搪瓷碗，响亮地吃饭，争取在四十岁前用剩菜剩饭把自己喂到一百五十斤。

他们是暗夜里撒在路上的图钉，每踩到一次，就被刺痛一次，因为会提醒她自己，你也不过是欲念缠身的凡夫俗子。读诗、读史，不及穿衣吃饭。

跟它讲和的具体过程她忘记了，只是模糊记得有一次坐火车回家，适逢雪夜。爸爸穿着暖融融的睡衣站在站台外面等她，她把箱子递给他，两个人并肩走着，漫不经心地说着关切的话，团团白气从口中氤氲出来，映得小镇有种朦胧的好看。

二十啷当岁的年纪，掐指算算，在外头独自生活也有九个年头了。她没有很深的故乡情结，上初一的时候被送到举目无亲、离家四百五十公里的主城念书，宿舍里都是小娃娃，像吃了金嗓子一样哭声震天。她把跟人差不多高的行李箱腾出来，塞到床底，刷牙、洗脸，在一片眼泪里睡着了。

只是每次在外面受到委屈，周遭无人陪伴和赏识，拔剑四顾心茫然的间隙，总会惦念那片故土，青天白日，浮萍鸭子，信风猎猎，风把话吹得好远好远。

以前野心吞象，自认心比天高，长生不老，要往皇城根下走，要踏遍莽莽书山，要与爱人相爱万年，要永远热泪盈眶。她不知道理想到底是什么，就通通具象为钱——很多很多很多钱。也没几年工夫，她就沉下来了，一腔仗剑走天涯的书生意气，在撞南墙撞得头破血流的尽头，终究付为笑谈。

后来她累了，不再费神去思考那些跌宕的、不死的，她只想切西瓜，切开表皮，就能看见红瓤的、多汁的意义。

漫不经心的名字

贝贝最擅长的事，就是听爸爸喊完"上来"后，唰地一下跳上车。

那是二〇〇几年，人跟小小的县城一样灰头土脸，她家有一辆二手女士摩托车，爸爸骑着去买菜、吃消夜、送货。车把手下面是一方小小的空隙，用来搁脚，他总是很小心地把两腿叉开，以给贝贝腾出足够的乘坐空间。

彼时她的年龄是个位数，人也是团团的一小个，她喜欢倒着坐摩托车，把手搭在车尾的收纳盒上，跟后面的行人、车辆面面相觑。

贝贝是一条土狗，是爸爸用十块钱从朋友那儿买来的。挪窝儿的头天夜里，它叫唤了一整夜，硬是用牙咬烂了木头笼子，跋涉了长长的一段路回了原主人家。那人隔天又将它送了回来，自那以后它就不跑也不叫了，只一动不动地望着他，大眼睛汪汪亮。

它知道自己被卖掉了。

奶奶疼它，每天天不亮就到菜市场给它买廉价的新鲜牛肝——五
毛钱一袋，巴掌大的一小块，用刀背剁成烂糊糊的血浆子。它吃
得很欢，灰白蓬松的大尾巴不住地摇起来，把地面的泥尘扫得泾
渭分明。那时候家里经济拮据，他们一家租住在一栋旧楼里，石
灰墙壁老化剥落成蝶翼支起的样子，巷道逼仄，人要侧身而过，
一不留神就会蹭一身的灰。

没有厕所，如厕只能去房子不远处的公共茅房。男女隔开，每间
四个坑位，不设冲水系统，夏天一到，苍蝇、蚊子沸反盈天。

她胆子小，怕黑，临睡前几个小时不肯喝水，有时候憋得急了，
就牵着贝贝去陪着。它很乖，自睡梦中被吵醒也是一副逆来顺受
的温和样子，任她牵着，好脾气地趴在厕所前面的空地上等她。
那时候没有手机，只拿着个手电筒，在空荡荡的世界里，她叫一
声它的名字，它应一声。

它跟她一样，有一个漫不经心的名字。

爸爸带他们出门办事情，她要做的事只有一件，就是当别人面露
惧色的时候，抚摩着贝贝的小脑瓜子，安慰他们："别怕，它很
乖，它不咬人。"

它挺配合，腿一软，侧身瘫在地上，露出鼓囊囊、软乎乎的肚皮。

过年是贝贝最不开心的时候，因为它怕放火炮。引子点燃，拇指

大的火炮辟里啪啦炸响长长的一串。她捂着耳朵减轻不适感，贝贝没办法捂，就委屈巴巴地藏在床底下，挨到饭点才敢出来。它不挑食，肉末儿、鸡骨头、鱼刺都吃，蔫掉的苹果也吃。

给它洗澡是个吃力不讨好的活儿，爸爸戴了橡胶手套把它拎起来站在澡盆里，她负责拿热水壶盖子舀水给它冲洗泡沫。它其实挺瘦，一瓢水淋下去，柴巴巴的小身板显露无遗。它也知道羞，把脖子梗着，一副英勇就义的派头。洗完了，手一松，它就箭一般蹿出去，矫健得简直像只狐狸。院子不大，阳光底下它一直绕着院周打转转，追着啃自己的尾巴，不一会儿就折腾得比洗澡之前还脏。

她妈见了，长叹一声，深觉浪费了金贵的洗衣粉。

贝贝下过三窝崽，都送人了。第一胎生在冬天，屋外寒风凛冽，她和爸爸窝在客厅看电视，忽然听到一声接一声细若游丝的暗叫。寻了半天也没找见，扒拉开它的窝一看，六个血淋淋的小狗崽子还裹在透明的胎膜里，闭着眼热气腾腾地扭动着。她爸又好气又好笑地盛了热水，给它们娘儿七个擦拭身子。

后来有几次，她老看见贝贝跟别的狗屁股蛋紧紧粘在一起，十分不解，于是攒了问题去问爸爸。

他一脸讪讪的样子，含混不清地推托："小娃娃一天管那么多干吗！"

那时的她如堕五里雾中，现在她知道了，它们是在交配。

现在是二〇一七年的年末。

贝贝是怎么离开的，她大抵已经忘了，只晓得它似乎活了近十岁，灰白蓬松的毛发，亮晶晶的眼珠子，一条大尾巴。或许其实它没那么聪明，只是除它之外，她再未养过其他的小狗，没了对比，自然觉得它稀奇。

那天去看热映的电影，里面的桥段说，只有人们忘记了某个逝去的人和事，它在那一端的形态才会彻底消失。电影里也有一条活泼泼的癞皮狗，精瘦的身子，喜欢龇牙咧嘴吐着半个舌头。

她就想，如果那个世界真的存在，贝贝跟它也许能够成为好朋友。

她无数次梦到二〇〇几年的那些日日夜夜——二手摩托车、广场中心巨大颓败的广告牌、一个流着清鼻涕的小女孩和她牵着的那条脏兮兮的小狗。

它叫贝贝。

他们都有一个漫不经心的名字。

亲爱的童年阴影

这个暑假，回旧时的住处看了看。

在街边，有个头发绾了一个结的中年妇女，穿着松垮且颜色艳丽的衣服、平底老年鞋，大声逗弄着别人怀里的小孙孙，额头的皱纹很深。见了她，用更大的音量招呼着："哎呀，这不是可乐吗？！长这么大了！"

她说："姑婆好。"

寒暄了几句，她去小摊子上吃冰粉，听到身后的女人依然在旁若无人地大声调笑。

在儿时的记忆里，这个女人一度是她的噩梦。她似乎总是横亘在她去上学必经的那条小路上，不讲理地拉着她，编造出各种借口不让她走。待她急得泪水在眼里打转，涨红了脸，她才肯让步。

印象中，她高大、聒噪、强硬，是她不可抗衡、无法挣脱的强悍力量。她曾提前很早起床，绕很远的路，只为了避免在那条小路上碰到她，被她捉住。

那条远路所在的巷子狭窄潮湿，因为太久无人涉足，残败的墙壁上布满青苔，有时候一侧身，书包就会蹭上肮脏的印记。在这样的地方穿梭久了，会觉得自己像只过街老鼠，见不得光，只好灰溜溜地在夹缝里讨生存。

她回过头，望着街边那个已有衰老之态的妇人。个头儿矮小，背脊有佝偻趋势，那样平庸的一张脸，所逗弄的方式只不过是比其他大人加大了音量而已。或许这些年里，她一直用这种音量交谈，这就是她原本的沟通方式而已。

那一瞬间，她忽然看到埋藏在自己心底的那个阴影区域土崩瓦解。

她理解了中年女人过去对她的聒噪、近乎蛮横的姿态，都是她用个人方式传达不当的喜爱。她对现在被中年女人逗弄着的小孩子脸上的不情愿和一闪而过的恐惧神情感同身受。关于儿时的记忆总是这样子，像一个四面被封死的房间，恐惧在里面横冲直撞，撞到墙壁又反弹回来，在不停歇的想象的添油加醋中，被无限放大。

打开门，把这些阴暗的心绪放在太阳底下晾晒干净，会发觉，也不过如此。

吃完冰粉，她冲中年女人招招手："姑婆！我走啦！"

中年女人起身，忙不迭地与她挥手道别，立在路旁，像一株低垂鲜艳、盛放期限将尽的花。她大声地说："拜拜啊！拜拜！"

如果想照耀万人，

请加点信心

V

未来会好的，

未来会改的，

未来是一个鸟鸣缠绵的清晨，

可以容下所有矫枉过正的灵魂。

愿景

清晨去采访学校污水处理站的工作人员——一对中年夫妇，四十岁上下，男人寸头，个子不高，脸上沟壑纵横，常年抽烟的指尖被染得熏黄；女人中长发，几缕碎刘海儿，外层是桃红色，内里已经有了斑白的迹象，穿件旧旧的棉服。

他们每天的工作内容是处理学校各地汇集而来的污水，剔除垃圾、沉淀淤泥，用石英砂过滤，最后将干净的水排入学校的人工湖里。污水淤积的时间有些长，工作站不可避免地散发出一股下水道的异味，人被腌渍透了，身上也裹挟着一些气味。机械是自动化的，但由于老旧，时常需要人工清理。也就是人下到污水池里，把堆积的泥沙用扫帚清理出去。

水太深了，没到人的胸口位置，下去一趟，周身湿透，衣服也全浸上了腥臭的气息。

她问女人："平时都是谁下去？"

她笑，长睫毛忽闪："你叔叔呗，男的吃点亏嘛，我负责给他洗衣服。"

鼓风机就在他们住的房间隔壁，巨大的轰鸣声吵得她太阳穴突突跳。女人说：

"我们平时不住这儿，住员工宿舍，但机器出故障了，我们就得在这儿守夜。"

"睡得着吗？"

她摆摆手，说道："根本没法睡。"

早晨七点半上班，晚上十一点半下班。两人的工资一样，都是两千出头。他们挺满意：

"我们以前在农村带孩子、种地，一个月挣的没这个多，而且这儿是全自动化，机器正常的时候，我们事儿不多。"

问及吃饭问题，她说："我每天做两顿饭，自己做，吃食堂不好，"说到半截，避嫌似的压低了音量，"味精呀、盐呀放得太多，不健康。"

她领她到处理室屋后，那里有他们秧着的菜苗，两小畦，叶子碧绿肥大，生长得热热闹闹。男人戳在一旁，插不上话，只是笑。

知道她们要来，他穿得蛮正式，鸭舌帽、黑卫衣，胸口前写着大大的"supreme"，那是他小儿子的旧衣服。

"十五岁啦，晓得要吃要穿，上次带他去螺蛳湾，买外套、衬衫和几条裤子，花了一千多块钱。"女人对生活琐碎记得清清楚楚，"他在昆明读职高，等他成年了，学一门手艺，就好了。"

她掏出手机，给她翻看儿子的相片，翻了好半天没翻到，有点窘迫地讲："哎呀，阿姨是不是好笨？"

继续翻几下，出来了，是一家子去湖边游玩的合照。男孩子站在最左侧，身子颀长，瘦，黑色刘海儿。

她说："等他自己挣钱了，你们的担子就轻松多了。"

男人打断她："怎么会？！他还要娶媳妇，要盖房子的。"

他们在乡下老家盖了房，因为没有足够的钱，只是搭了个空架子，糊了水泥，连窗户都还没安上。

"再辛苦几年就好了。娃娃们成家了，老人们也没什么大病，就很好了。"

他们的脸红扑扑的，是长时间经受太阳光照留下的印记，也是她在很多劳动人民脸上领略过的朴实。

"有什么坏处吗，这份工作？"

他们想了想："找不到什么人说话吧，一天天的，就我俩。"

她感激他们对采访的配合，送了一些橘子和苹果。女人坚决不肯收，一边全拎出来，一边喊："这怎么好意思！你们拿回去！真的！"

她们扛着机器，哭笑不得地撒腿就跑，也用同样大的音量回喊："阿姨！我们拿不动啦！机器太重啦！"

女人推辞了好久才罢休，站在原地，冲她们大幅度招招手，像个得了小礼物的孩子。

她想起前阵子跟另一个人交谈，她问："为什么我什么都不缺，但每天就是不快乐？"

他一针见血："因为你不知道自己真正想要什么，你只是觉得，去追求大家都想得到的东西，大抵没有错。"

换作以前的她，一定会觉得他们如此形而下的追逐太过浅薄，但后来她发现，无论是对物质、欲望，还是精神层面的渴求和探索，都是支撑着人发掘幸福感的原动力，也恰恰是她所欠缺的东西。

对生活的愿景是人的根，有了它，人才不至于在俗世里居无定所地浮沉。

谈美

昨天傍晚，她去书店的时候那里已经快歇业了，匆匆挑了本朱光潜的《谈美》。

结账的时候，脑门儿秃了一大半的中年人对她笑，说："这本书很好，我年轻时看过，现在还收藏在家中。"

她也笑，两个人，隔着一张柜台立着，找好了钱，出门的时候，那笑意还挂在脸上，散不开。

少年时爱过一个摆书摊的男孩子，为了与他碰面，时常找机会去购书，买他推荐的、他自己中意的，因此结识了大仲马、毛姆、胡兰成、苏童、阎连科、聚斯金德等人。

她添加了男孩儿的联系方式，偶尔与他短信联络，也是讨论书中的情节走势。

至今想起，还能品咂到彼时热烈浓稠的心绪，人是如何经由诗书润泽，一点一点地熬过凛冬。

人世间太大了，你我不过是黑暗中萍水相逢的流萤。共同读过的书是人们的火把，看见彼此，也照亮前行的路。

想象

临睡前，她会虔诚地合上眼睑，想象自己是任何人和事。

有时候她是南美丛林里的一只豹子，刚刚捕猎完，心满意足地饕餮一番后，静静蜷缩在溽热潮润的洞穴里。

有时候她是菲律宾乡下黝黑的小孩子，顶着一头鬈发，赤身裸体躺在竹床上听磁带，空气中是热浪和泥土混杂的腥气。

有时候她又成了冰岛的一个杂货铺老板，红脸膛、三下巴，敦实地坐在顾客寥落的铺子里，偶尔整理货架，更多的时候是发呆，一整天。

她变成了她想成为的任何东西，他们可以是她看过电影里的浮光掠影，是她生命里蜻蜓点水般的浅尝辄止，也可以是她脑海中臆想而出的天马行空。

她徜徉其中，酸甜苦辣，悲喜交加，尽数体味。

当太阳升起，睁开双眼，她又变回了她自己，一个平庸至极、泥足于现实苟且无法动弹的普通小女孩儿。每当她走在人群中，回想起昨夜的热艳记忆，就会暗暗雀跃不已。她又有力气，忙不迭地奔赴下一场马戏。

这种隐秘的快乐让她的生活轻巧得像一只鸟，四下奔突，越跑越快，到最后简直要飞起来。

主见

在上周的某堂选修课上，主讲老师提出了一个玩味的观点。他认为，在当下的语言环境里，大部分人的表达实际上是被隐晦地加以限制的，最显著的一个特征即网络流行语的泛滥。

"你们回想一下自己的朋友圈，看那上面是不是时常会出现譬如'塑料姐妹花'这类昙花一现的热词。"他有意一顿，继续说，"当我们更丰沛的表达被'666'这类大而无当的流行词代替之后，实际上是一种表达方式的匮乏。我希望大家可以更为真诚、独立地交流，而不是沦落到在语言方面都要被人牵着鼻子走。"

众人对他的一番言辞不置可否，她没吭声。

写了这么些年头的字，时常收到些评论或私信，反馈里最让她捉摸不透的是，一部分数量可观的读者会跟她大肆分享他们的情感生活或私底下见不得光的烦恼。很奇怪，不同的人似乎都会在同一处断崖踌躇，在同一块泥淖跌倒，大家喋喋不休地谈论自己的灰头土脸和琐碎心绪，坚信自身独一无二，惨无可惨，更不惮直接伸手向网络那头的陌生人讨要方法论。

初始的时候她会耐心回复，认为这不失为一种信任。年岁渐长，她才发觉其中渗透出跟上述老师观点相悖的一种现象："不是人们的表达被外界环境所限制，而是他们习惯于依赖外界做出抉择。"

这种依赖有一个附加的巨大好处，在于推卸责任。不选择，意味着不用负责。听信他人的观点做判断，到达正确目的地了，功劳是自己的；一旦走偏，就会把祸端通通推到旁人头上。

树长歪了是风的事，树什么都不晓得。

这类人以肉眼可见的速度凶猛繁衍着，把头脑寄生在别人身上，全权任由热搜、推送、主流观点支配，肉身甘愿沦为一具傀儡。

她不觉得可悲，只是无趣。

伏笔铺垫了这么多，无非想讲，年轻时应该养成的最当紧的习惯是独立思考，并敢于为自己的选择负责。何其有幸，我们生于自媒体时代，在这里，每一只蝼蚁都可以发声，但如果大家的语言系统和逻辑思维都如此整齐划一，实际上也不过是一种声音而已。

饮食，走路，发声，取舍，情爱，阅读。在冗长的一生中，无数个路口交叠出无数种维度，唯有自主选择，才可能浇筑成独一无二的你。

在高中的一堂语文课上，老师讲到，庄子丧妻，端坐于市井街头击缶而歌的时候，他问：

"谁不赞成这种观点？"

一片沉默里，有位男同学起身，说："我觉得这也可以看作某种意义上的刻奇，人类表达悲伤的方式有很多种，长歌当哭固然是其中一种，但地点选在街头未免有哗众取宠的嫌疑。"

那位同学后来被老师当众批评，但他说的话她至今记忆犹新，无关乎他的观点，而是他的态度。

他在思考，他要辩驳，他敢说。

读书

很多人都把"读书"这个概念神化，甚至妖魔化了，好像读书人之于不读书的人，是高一级的物种形态。

不至于。

对于真正热爱读书的人而言，书籍并非工具，也无关意义，人家就是好这口而已。喜欢这回事，是没有高低贵贱之分的，妈妈喜欢搓麻将，爸爸喜欢钓鱼，她喜欢看书，本质上都是成年人用闲暇时间自我娱乐的方式，因为极度私人，且对旁人没有攻击性，所以都应该被尊重，一视同仁。

诚然，再夸张的说辞也有其对应的本相，人们把书籍的位置捧得这么高，自然也是有一定实际依据的。在她看来，读书的好处在于多元价值观念的汲取、自我意识的强化和充分表达的能力。

多数人的一生，都处在人际关系稳固的圈子里。这些人的价值观和处世态度是基本定型且一致的，拿她个人举例，在她出生的那个小县城，人们对于大学的认知上限就是清华、北大，消费的顶配就是买房、买车、买铺一类的固定资产投资。对这些人来讲，同性恋、不婚主义都是他们无法想象和理解的陌生概念。

如果你读书，书里的人们会告诉你，这个世界偌大且包容，有无数种可能性的人生在其中展开，你看到个人主义和集体主义相互掐架，唯物论和唯心论的拥护者激烈撕扯，书里还有个孤零零的小王子，有一天，他看了四十四次日落。

这个时候，你会重新审视自己的人生。

你会细掂量周遭人群抛给你的价值观，而不是径直一口吞下。你会看看它们是否真的适合自己。**你发现有些认知观念开始松动了，有些龟裂的石块从高山上翻滚下来，剥落出一个真实的你自己。**原来你不愿过一眼望到头、大家都在过的生活，你有着更庞大的胃口和野心，你跟那个叫王小波的青年一样，想吃、想爱，想变成天上半明半暗的云。

至于充分表达的能力，就不必多说了。读书，说到底就是参与一场文字游戏。

她喜欢看书的间隙用一本笔记本摘抄下好的词和不寻常的观点，每一个字都是闪闪发亮的玻璃珠子。她的任务，就是把它们用逻辑这条透明丝线串联起来，形成一条好看的项链。

看过一本很有意思的书——桑格格的《小时候》，是故事又不算故事，是散文又不像散文，只是零零散散记录下一个女孩儿成长的琐碎片段，文笔流畅直白，比喻天马行空，简直近乎小孩子的呓语。但它就是有一股魔力，攀着你、拽着你，一口气读完。

书的开头有个句子她印象深刻：

"妈妈走的时候，桑格格那种哭法令每一个人心碎，大地都倾斜了，舍身忘死地哭，仿佛她不是一个还有其他器官的人，她就是一张嚎叫的嘴、一双流泪的眼睛。"

看着这个句子，越看越想笑，索性大笑出声，她不会跟没有看过这本书的人分享这种快乐。没有任何冒犯的意思，只是对于从未接受过这类洗礼的人，文字的快乐无异于空中楼阁。

还有人问，为什么别人对于看过的书都能信手拈来，自己读完就全盘忘记了呢？

如果你真心实意喜欢一个姑娘，你会记得她的一颦一笑，记得她发脾气时鼻梁间的小褶皱，记得她月亮一样勾连的唇角。

你会记得她中意的港乐，记得她居住的楼层，记得她只吃汤头酸辣的泡面。记得她的长歌当哭，记得她的牢骚满腹，记得她狐狸般狡黠的会心一笑。记得她的狂喜，记得她的彷徨，记得她长了一颗痣的左乳房。

读书也一样，读过了，猜不破，记不得，总归要算你不够喜欢。

功利教育培养出来的小孩子，目的性太强，要什么就马上要得到，多一秒都等不得，才读了几页书，就急吼吼要产出；才牵过几次手，就抓耳挠腮要拐上床。

你真的爱她吗？或者，你真的爱读书吗？

为什么别人会信手拈来？因为他真的爱。就像《月亮和六便士》的结尾，思特里克兰德一把火烧了他所有的画作。那个场景，她看得触目惊心，二十岁的她记得，到八十岁她临死，还是记得。

如果你抱着只想睡一个姑娘的念头接近她，你永远不可能碰触到她的灵魂。

因为爱是尾生抱柱，洪水滔天，我怀着必死的决心，等你来。

孤独

街边小凳上坐着个盲人，蓝色卡其布料的衣服很旧了，长满茶色老年斑的手握着盒算命的签，等待顾客临门。

天落了雨，人们都走了，他还端坐着，空洞洞地与黑暗对峙，一言不发地等。

看着他深陷的眼窝，觉得有种清贫的好看。身上有些发冷，于是她也回到了旅馆里。

傍晚时分出来，天色已晚，霓虹渐起，一抬头，见他还在原地，一模一样端坐的姿态，一模一样地枯等。

人来人往，物欲横流，稠密人潮似乎与他隔着油和水般的分界。

他就这样坐在那里，挺直了脊梁，一丝不苟地承受着生活给予的残疾与消遣。

一整天，一整年，许多年。

活着

对于生命的意义这一终极拷问,她一直在刨根问底。

过于宏观的命题,别人答不出来,自己也不好意思问,便关起门来琢磨,容易走火入魔。一个人能想出来的生命意义,不过是他自成价值观的总和,就像《房思琪的初恋乐园》里说的,一个最坚贞的圆就是最排外的圆。

有段时间情绪低落得很,做什么事都缺乏兴致,还看不惯身边用力生活的人,觉得他们的快乐轻佻而浅薄。在那时候的她眼里,人是容器,爱欲流过,六根流过,空空荡荡,生命的常态俗套而低级。你知道,每一个人的青春期,都经过一场自以为是的"看破"。

跟朋友聊天,她问:"到目前为止,你生活的最大动力是什么?"

已过而立之年的男人,用路易威登钱包,戴百达翡丽表,喜欢换着开好车。他瞥她一眼:

"挣钱，挣好多钱。"

"挣钱来干吗？"

"买好房子、好车子，呲妞儿。"

"买完之后呢？"

"没想过，八字还没一撇呢。"

她打断他："可我觉得把希望寄托在物质上面是一种逃避。"

那头生吞了只苍蝇似的，一脸古怪地望着她。可能把"东西"讲成"物质"本身就是一件不太口语化，也不太方便面对面展开来讲的事。

纪录片《海豚湾》里，致力于保护海豚的小老头儿，单枪匹马跟蛮悍的日本渔民斡旋，被非法扣押，被恶意挑衅，以一人臂膊单挑日本政府的势力。他的相机被人们打掉在地上，而不远处的城市里，居民安之若素地吃着切割成块状的以为是鲸肉的海豚肉。

二十世纪六十年代，他是最早一批驯化海豚表演的人之一。光滑白胖的海豚，一点就透，在他的教授下学会了各种讨人欢心的表演，也正因了这一空前的成功，大量海豚被渴望从中牟利的人们捕捉，强行关押。海豚的听力远比人类敏锐，被欢呼和尖叫声围困的它们因为不堪忍受过量的噪声而早早死去。

他最要好的一头海豚黛西，在他怀里自杀了。

"海豚没法在水里呼吸，那天它就这样看着我的眼睛，呼出一口气，沉进水底，再也没浮上来。"

他疯了一样想找个突破口把它放走，但失败了，也因此被捕。

那是他第一次入狱。

多年后，纪录片拍摄者问他：

"你因为私自放走被囚禁的海豚入狱多少次了？"

他一笑："就算今年的吗？"

镜头没说话，径直切到下一个场景。

去年她采访一位同性恋者，高高瘦瘦的大男孩儿，嘴唇边一圈鸦青的胡楂儿，面容普通，穿棉衣、牛仔裤，裤子的面料经过多次浆洗，有些发白。在咖啡馆里，他坐在她对面，因为是生人，双方都显得局促。

他说起自己的经历：性取向的启蒙，恋情受挫，家庭压力，社会负面舆论。逻辑很清晰，像一个晨练的老人，循着山路，不紧不慢，一步一步地走上山头。

采访的最后她问："你对未来的憧憬是什么？"

那头说："我就想着能光明正大地跟爱人牵手走在太阳下，没有祝福也好，只要不受辱就已经很满足了。"

临走时，她跟他礼节性地拥抱一下，没说什么。事情的结局他们大抵都能猜到，舆论在收紧，朝着不利的方向发展，在这种时候，拥抱比客套话能给人慰藉。

她念小学，妈妈问她："你长大了想做什么？"

她的声音拔得高高的："卖麻辣鱿鱼！"

妈妈不吭声，眼睛一眨不眨地望着她，又好气又好笑的样子。

今年，妈妈问："你非得当记者吗？"

她说："嗯。"

那头几不可闻地叹息一声："妈妈就希望你能回家考个公务员，姑娘家家的，别去招惹什么事端。"

大三了，同学们的发条都上紧了。人潮分为两拨儿，泾渭分明：
一派考公务员，一派考研。

后来理想主义慢慢淡了，现实的鞭子开始抽打人们的背脊，掏心
掏肺的话语变得没由来地尴尬，一片噤声里，大家打破沉默，插
科打诨，物质虚妄，谈星座天气。哪有什么具体的拦路虎？具体
的都是些琐碎的东西，一睁眼，要面临的不是哪种立场和主义，
而是各项的账单、天花板的漏水情况和孩子的奶粉钱。

纪录片的末尾，因为各界人士的关注和携手，老头儿拍摄下渔民
残忍猎杀海豚的隐秘镜头，一举摧毁了这一黑色产业链。

印象深刻的一段，是他挂着循环播放猎杀镜头的显示器，一动不
动地站在汹涌的人潮里。人们来了，走了，所有的人都朝着同一
个方位奔走，只有他，一尊泥像似的，面朝反方向立在原地。那
一刻她被击中，因为他义不容辞的强悍理由。

在这偌大人世间，有千百个支撑人们活下去的强大信念：亲情、
友情、欲望、金钱。

她要学会很耐心地等，等属于她的那一个义不容辞出现，她可以
为了它抛头颅洒热血，为它奔走呼号长歌当哭，辗转反侧心心念
念。到那时候，她才能心安理得地把自己交付出去，交托给一个
更高阶的信仰，彻底忘却自己，彻底皈依。

欲望荒芜

她小时候，是个矮矬矬的小胖子，青口白牙，梳个童花头，胸前挂块小黑板，走路一步一挪，见了生人绕道走，见了熟人更是。

念小学，班里举办朗诵比赛。一百来字的稿子，背了整整一个星期，用铅笔逐字逐句把拼音标好，打瞌睡都在咬文嚼字。夏天，蝉鸣黏稠得能拔出丝来，她睡在奶奶身旁，都快眯着了还在琢磨容易念错的字，一门心思往上扑，磕破了头但求一个倒背如流。

结果上了台，对着下面一张张麻木的面孔，脸颊红得几近滴血，一句完整的话都讲不出。

念初二，参加校园歌手大赛。因为嗓子条件好，高亮甜润，成为唯一闯入决赛的初中组选手。家里离学校太远，她是长期住校生，没有电脑，只有一部打电话都要跑来跑去找信号的小灵通。找不到合适的伴奏，误打误撞来了场清唱，下面是攒动的人头，大家抻长了脖子，让人想起鲁迅笔下被人掐住脖颈的鹅。她抒抒气儿，强作镇定，跟他们做自我介绍：

"大家好，我是初中部的田可乐，今天给大家带来一首周杰伦的《笔记》。"

人群沉寂几秒，突然爆发出一阵欢呼。

之后才晓得，他们欢呼是因为那首歌是周笔畅唱的。

这种状态如影随形，笼罩了整个拖沓的青春期。

积极影响是，一直以来她的人缘都不错，毕竟这世界实在聒噪，每天每个人都有新鲜的话要说，大家都偏向于中意话少、内敛、人畜无害的那一个。跟他们相处，她只需要挂上一脸微笑和提供一只耳朵。

像清水里的蚌壳，每隔几个小时才发出一声咕嘟，噗了个噗。

有那么一阵子，腻味了鸵鸟型人格，你知道，过于沉默的小孩子心思总是比其他人活络，脑子里那个用来自我抑制的暗扣不晓得在什么时候崩掉了。用《颐和园》里余虹的话来讲，就是"想活得强烈一些"。

于是尝试着恋爱，总是仓促地踏入一段关系，想要很快把自己和别人联结起来，但因为过程囫囵吞枣，在磨合期往往因为一些小事就跟对方分了手，像吃杧果，不小心啃到酸涩的核，就径直扔掉。走马灯似的换男友，空窗期寥寥，频繁遭遇拥抱、亲吻和性。

大规模购物，用稿费买昂贵的背包和手表。

热衷于交际，逐一回复陌生人的私信，凌晨三点还徘徊在收件箱不肯走，想着也许就在下一秒信件列表又会出现一声脆响的"叮咚"。

人一旦下定决心，改头换面其实是一件很快的事情。她达到了前所未有的亢奋阶段，像只不知餍足的貔貅，旁若无人地大口咀嚼着生活给予的绵软香甜。

写文章也是，生搬硬套，野心勃勃，将初心抛诸脑后，满脑子只盘算着如何快速变现。她的草稿本上写满了数字，阿拉伯数字组合排列，加加减减，得出的数额越来越大，一个透亮的雪球，以肉眼可见的速度从山巅滚下来。

她感到倦怠。要维持高强度的占有欲实在太累了，她的时间龟裂成许多小碎块，一部分匀给挚友，一部分匀给欲望，还有一部分匀给陌生人。

没有时间余给自己了。

物质和人际关系的堆砌并没有让她活得更"强烈"，而是活得像一个地产广告，华丽、硕大，琳琅满目的虚妄。陈奕迅在《陀飞轮》里唱"直到世间个个也妒忌，仍不怎么富有"。用我尚有换我没有，其实已用尽所拥有。

她想，也许自己并不需要以上那些东西，她的疯狂求索，只是为了杀死过去那个怯懦的自己而已。从未有过的旺盛表达欲，是对于以往匮乏表达的姗姗来迟的补偿。

有人问我，我就会讲，但是无人来。

认识到这一点后，她开始有意识地消减物欲和周遭的人际关系。不购买，不闲置，不结泛泛之交。把刚买不久的东西挂上二手网站，对方开门见山说了五折的预期价格，她一口答应，爽快得像四川人家家户户都备有的泡菜坛子。起初是不习惯的，身体已经形成了肌肉记忆，手指渴望手机屏幕冰冷的触摸，睡到半夜，因为种种原因醒过来的一瞬间，就想拿起手机翻翻有没有新邮件。走在路上，也会神经质地打开微信列表，看看有没有人试图联系自己。心底有个小小的声音在问：没有吗？真的没有吗？

就这么博弈了小半年，她如愿以偿地跟自己达成了一个初步的和解。物欲停滞，知己二三，习惯独身。有很多次，她几乎就要恋爱了，跟对方谈及一切，癖好、经历甚至床品，看上去只需要顺理成章的临门一脚，终究是没有踢出去。他们总是在一切还没开始前就感到厌倦了。

好消息是，她终于再次拥有了饱满的跟自己对话的时间和空间，摒弃杂念，专注于阅读和写字。写累了，就站在窗前看云，轻软云朵和钴蓝天色，路旁鲜花不要钱似的开，像生活在热带，一个恒温二十摄氏度的热带。

坏消息是，在旁人眼中，她又蜕变回了往昔那个羞赧、寡言、人畜无害的小胖子。

那天跟爸爸闲谈，他挺疑惑：

"为什么你不像别的小朋友那样爱热闹，有很多朋友，喜欢出去玩呢？"

她歪着脑袋想了想，说："因为小动物们各有各的脾气呀。"

无意义对峙

宿舍楼下有个保安亭，里面坐了个保安，夜夜唱歌，一晚不断。听嗓音是中年男人，嘶哑的音色，唱着她听不懂的歌。有时灯熄了，他还在唱着，兴致未了似的，尾音拖得老长。对铺的女孩儿被吵得有一阵没一阵地翻身，那些零散的调调，被风刮得婆娑，衬得夜色更静谧了。

临睡前她习惯听歌，有时会把耳机摘了，闭着眼睛听他唱。会生发出幻觉，好像那破旧亭子里坐着的不是一个人，而是一只蟋蟀，响亮地重复在这夜晚里面，过把瘾就死。

在家乡的县城，要抵达奶奶家，需要经过一座桥。那桥已经老了，赭红的梁，赭红的柱子，赭红的栏杆，赭红的砖。桥很破了，柱头上全是开裂剥落的漆和小广告被撕下来后的斑驳印记。晚上八九点，桥上的靠座会来一个老人，瘦小干瘪，戴顶脱了线的绒帽，拎一台大红收音机。他把收音机搁在一旁，打开，放出洪亮的音乐，然后乐呵呵地在黑暗里跟着歌打节拍。

用节拍来形容有点言过其实，说白了他只是有模有样地挥舞双手，盯着看一会儿，就能看出其中百出的破绽。但老人不在意，还是特别有激情——对，"激情"，这个她好久没用过的词——挥舞着手。好几次经过他身边，她都想用手机给他录一段，但又觉得不太礼貌，于是驻足一旁，也乐呵呵地看，有时还会跟着打拍子。

每一次，她都特别开心，甚至濒临激情。

她念小学的时候，班上有个孱弱的男生，自告奋勇报了长跑项目，结果不出意料，被其他参赛选手甩了整整一圈半。那个柴巴巴的小孩儿，越跑越喘，精疲力竭，还是抻长了脖子，双手叉腰，慢慢吞吞跑完了全程。班里的同学在终点等他，举块塑料板，上面写着："一班一班，绝不一般。"

关于小学的记忆她忘得差不多了，挺奇怪，这件事她一直记得，也被他们的这种对峙状态打动。

跟孤独感对峙，跟衰老的附属品，也就是活力的丧失对峙，跟自己对峙。他们像一根根鱼骨头，不偏不倚地卡在某个钢铁巨兽的喉咙里。

比对峙更打动她的是他们注定失败。没有人能耗过孤独、衰老和宿命，但他们，就像周氏喜剧《功夫》里的阿星一样，即使被踩到土里，也要轻轻地拿根棍子，轻轻地敲一敲火云邪神的头。

两周前，室友在食堂门口扫码领了只气球，小鸭子图案，鲜黄傻气，嘴唇厚得能切片堆成满满一碟儿。回到宿舍，她随手放在了衣柜旁边。某天夜里下床去厕所，被不明物绊了一下，细细一看，是那只气球。她抱着它，还能感受到气体充盈着塑料表皮的每一个角落。

一天、两天、三天，那么多天过去了，它还是旁若无人，不卑不亢地鼓胀着。

美丽的加西莫多

跟友人认认真真地探讨了一下"整容"这个话题。

友人说她是标准的国字脸，双眼皮和瘦脸针是肯定要做的，至于削下颌骨，看技术的成熟程度再决定。

她说，好，她也要去打瘦脸针。

对方就笑，说："你不是坚信女孩儿有内涵最重要吗，渊博才是正经事。"

她摆摆手，说："谁他妈想做一个渊博的加西莫多？"

活到二十岁，她读了十几年书，所有的老师都在灌输内在美至上的价值观，盘正条顺不如做事勤勉认真，崇尚自由、平等、文明、和谐，长得漂亮不如活得漂亮。一碗一碗的鸡汤，水泥一样劈头浇下来，凝固了她朴素的价值观。直到某一天，她一时兴起揽镜自照，被自己丑哭时，她才发觉，所谓的核心价值，都是形而上学。

当她们抑郁，默然独自淋在雨里，也只是丑得像鬼一样而已。

那些批判说她们在自怨自艾的人，可能真的没体会过那种自卑到骨子里的感受有多恶劣。外表丑是她们与生俱来的疤痕，她们不可磨灭的隐痛。她们畏惧近距离对视，畏惧偷拍，畏惧一切需要合影的正式场合，那一台台高举起的相机，就是她们的枪林弹雨。

她一直把人看作一种容器，腹有诗书气自华，盛满了学识，人自然拥有属于自己的独特气质。

实际上不是的。

从小到大，她永远是那个无人问津的第一名，拥有善良可爱的朋友和态度友好的导师，好看的分数和零花钱，以及感情方面的一片空白。她站在原地伶仃地呼号："喂，你要不要陪我玩一场成年人的游戏？"

多么可耻啊，连一丁点儿暧昧的迹象都没有。

又是一个进行全盘自我推翻的深夜，她决定正视她鲜血淋漓的伤口，并试着去缝合它。她听厌了"可爱""特别""有趣"这类含糊其词的赞扬，她要实实在在的、俗气的，哪怕是客套的"漂亮"。

她知道变美很难，克服自卑很难，接受自己的"泯然众人"很难。可是她还在挣扎，她才不要放弃。人这辈子的宿敌只有他自己。她选择跟自己死磕到底，裁判员在地板上重捶三下之前，但凡还剩一毫克力气，她也会拼尽全力跳起来，吐一口血唾沫，说："再来，再来。"

我也要笑得大声

写过一个故事，关于随她一同长起来的小姐姐，父亲嗜赌，欠了一屁股债逃逸的当天夜里，她写下一条动态："我也要笑得大声。"

年岁渐长，越来越明白"食髓知味"这个词的含义。

昨天收到一封信，是个处境很苦的人写的。那头问，是否人生总是如此。她说，是，生活就像《哈利·波特》里的那罐巧克力，有巧克力味儿的，也有鼻涕味儿的。不过当人们习惯性地不抱以期待时，大鼻涕味儿的吃多了，小鼻涕味儿的吃起来也像巧克力。

对方就笑，情绪终于纾解了一些。

老实讲，她从未见过哪个人是真真正正活得轻盈。万事万物都有对立面，有自由必然有束缚，有阳光必然有阴影。

你知道，人没什么可骄傲的，唯一让我们区别于牲畜草木的，是我们永远反叛的精神。那片逆鳞，联结着我们的骨血，一直一直一直往下延伸。

我们是蒸不烂、捶不扁的铜豌豆，哪管他大厦将倾，也要笑得大声。

全部，长大成人

除夕夜，跟爸爸乘车从奶奶家折返，表盘指针直指凌晨两点。小镇自喧哗的亢奋中猛然坠入宁静，仿佛石灰被泼上冷水，有种虚张声势的沸腾。街道两侧，路灯昏黄，烟花爆竹燃烧过后的烟雾肆意蔓延，整个小镇浸在里头，每个角落都是如出一辙的雾气沉沉。

把车窗拉开，闭上眼睛闻硫黄的气味，干燥温暖，熏得人昏昏欲睡，车开得慢，风拂在脸上，柔软得像把脸埋进猫毛里。

今年也是寻常的一年。

大年三十清晨，用背篓背着盘炮、烟、纸、蜡烛去上坟。天下小雨，象征性地润了一下路面，家乡的土路松软绵匝，被雨水一浸就变得泥泞，鞋底不免沾上泥水，人在上面走，要把脚趾用力往后勾住，才不至于摔倒。

走进山中腹地，见很多青青的冢，墓碑上拓着生辰、姓氏，前方摆着刀头、果盘和盘炮炸裂过后的余烬。刀头是三线肉切成四四方方一大块，沸水煮熟，在最上面的脂肪层上插几炷香，在家乡，这是最常见的祭品。把刀头摆好，才可以烧纸钱、放鞭炮。一切结束后，把刀头收起来，再祭奉给下一位祖宗。

小时候害怕坟头，只敢牵着爸爸的手，低着头快快地走。怀疑稍微走慢一点，看不清长相的怪物就从背后扑上来。在人的潜意识里都觉得不好的东西是从后面来的，迎面而来的怪物纵然可怖，也让人少了那么些提心吊胆的自我博弈时间。害怕鬼怪，不如说是害怕未知。现在她不怕了，可以跟舅舅站在舅妈埋葬的地方，神色自若地谈笑说，多给她烧些港币，她喜欢打牌，可是牌运不佳，输光了就过不好年了。

舅妈是惜财的人，打牌是兴趣，上瘾很深，但打的数额都不大，最多也就十块一局。牌桌上的人都迷信，她更是，连打几局都输，就觉得当天的运势不好，下场，不打。有时候牌桌上人手不够，牌友拉着她不许走，她也就坐下来陪着继续打，输得多了，还是要走，任旁人怎么劝都不听。

纸钱越做越真，为了与真币区分开，做成了真币两倍宽的样子，上面是些不搭调的繁体字，写着"香港银行"。一些被烧得只剩下边角的纸钱，随意散漫在山径上，像折翼的灰色蝴蝶。

下午三点，去奶奶家吃团年饭。

土灶、木凳、砖瓦房，十来个人，老老少少，聚在不那么明亮的堂屋灯下。清水鸡汤、炒猪心、魔芋鸭子、蒜薹肉片、土豆丝，林林总总算起来，有每个人最中意的一道菜。

话题是永远不缺的。

大家都大着嗓门儿热热闹闹地聊着家长里短，把新近发生的事挑出来说，把过去的事也剥出来讲，关注点大多数在小辈身上，年纪稍大的被张罗着结婚，年纪小的被问询学业。大家都很高兴，问题密集，但没有恶意。爸爸喝了一些酒，语速变得缓慢，她也喝了一些，脸颊红扑扑的，没有上头。

然后，就是打牌。

一大家子都喜欢打牌，四个人凑一桌麻将，谁放炮谁就下场，换另一个人来。下场的那个人总是窝在沙发里，紧紧盯着手机屏幕，眼睛一眨不眨地抢红包。家族群里谁发了一个红包，牌桌上的四个人也会下意识停下来，顾此失彼地去抢那几块钱。红包抢得少了，还会像小孩子一样闹腾着要对方再发一个，新年是大人暴露孩子心性的时刻。

《春节联欢晚会》开始了，她下场，守在电视机前等喜欢的人。脑袋瓜自动把之前的节目删繁就简，等到他出场时，完全想不起先前放映了什么，年年《春晚》都一个样，每个人都竭力表现出自己过得多好，小品里花生碎那么一点的不如意也会在末尾迎刃而

解。喜欢了十几年的男孩子站在特效搭建的舞台上，唱耳熟能详
的歌，变老套的魔术，声音没变，但外表显然有了变化。还是喜
欢坠满亮片的衣服，用大量发油分头，她知道，这些年他的发量
也在减少，或许后脑勺藏有假发片也不一定。

岁月从来不会宽纵任何人。

节目最后他把自己变成了一只布偶熊，随着氢气球一点一点飘向
天空。她笑，觉得可爱，用村上春树的形容来讲，就是"森林里
的老虎全都融化成黄油"。这句子真是好，刚说完，脑海里就浮现
出许多只老虎，然后全部融化成温软的黄油，拉花一样的温柔。
所以她即便不喜欢村上春树那种拖沓寡淡的叙述，也对他讨厌不
起来。

一年，一年，一年。

日历有条不紊地走，人们也在循规蹈矩地存活，唯一让人觉得开
始有变化的，是岁数。二〇一八年，她二十二岁了。

十五岁那年喜欢上一个年长她五岁的男孩子，没日没夜地用直板
机跟他在网上聊天，费了大力气，也不过找得到几个话题。念初
中的小女孩还在方程式的题海里游泳，跟喜欢科比的大男生有什
么好说的呢？但她就是说下去了，把他当成了一道数学题，上网
查资料，像套用公式一样地解题。从来不关心篮球的她现在还记
得，科比的球衣是 24 号。她近视六百度，时常在想其中的一百度

有他的功劳。

那时候觉得二十岁异常遥远，她用尽全力，也不过是在他的心房上以卵击石而已。一眨眼，七年就过去了，他结婚了，她也踉踉跄跄地学着越来越像个大人。

今年她没有放烟火，没有恋爱，没有神神道道地在街上哼不着调的歌。她的音很准，咬字清晰，只是喜欢的歌手，比如张悬，比如陈升，对冷门一点的歌总是难以第一时间抓住准确的音调。再说，当街唱咬字清晰的歌，跟《春晚》上跑调一样让人摸不着头脑。某些细碎的属于少年时代的心事被锁进五百个抽屉里，外表看上去依然毫发无伤。

车子经过一所医院时，巨大的闪光牌映红了一方小小的天空，加上雾气朦胧，远远望去，像是某种动物的眼睛。车内一时间陷入沉默，大家都在凝视红色雾气中浮动的灰尘。她想起小时候看过的一则关于年兽的故事，越想越有趣，终究还是没有说出口。

大人的世界里只有闪光牌，没有年兽。

打开信箱，看到很多网络上的关心和节日祝福，繁复的话语里，有一封信，上面只写了伶仃的一句：

"你是最棒的大人。"

VI

靠脸书抒发

感情才是意义

被注意的时候她只能是人，

无人观望的时候，

她可以是美酒，

是琥珀，

是落雨，

是星辰。

1.

每天至少腾出两个小时跟猫面面相觑。空旷热寂的小厨房里，喔嘟嘟的偌大天地，只有她和猫。喂食，嬉戏，不间断地抚摩。持续发呆。专注于呼吸。觉得周身轻盈，仿佛也跟着成了猫。滞重感消退，情绪空空，欲望空空。猫是理想中永远不会长大的幼童。猫是禅。

2.

她想走在路上，跟一只猫面面相觑，尔后他们交换身体。它带着她的破洞棉服、豆沙色口红和没有发际线的额头继续在世间恍惚存活。她一直一直跑，跑到一片荒野上，烤一烤某堆无人赏识的篝火。

3.

想开小卖部，懒散、无纪律地躺在太师椅上等客人，日暮倦翻书。身侧是猫，两只捡来的，都被喂得肥头大耳，跟她一样沉甸甸地过活。周末开小电驴去城里进货，带着一筐子垃圾零食和猫粮归家，远远地就看见它们俩挤挤挨挨地蜷缩在村口等她。

4.

其实还挺喜欢吃药的。像现在，雾气沉沉，世界都是涣散的、拎不清的。被褥很热，乳房很热，瞳孔很热，身体里钻出一只又一只猫来。沉默密不透风。

5.

昆明下雨了，还是那样，痛快的、尖锐的、大起大落的凶猛势头。她站在屋檐下，看这世界被雨团团困住，零星的几个行人，像犹斗的兽。耳机里是盘尼西林的歌，柔软低落的声音。所以有过抑郁经历的孩子都会喜欢盘尼西林。

6.

还是最喜欢陈英雄电影里和王小波笔下的女人，攀在树干上，长在泥土里，皮肤黝黑光洁，赤身裸体，长发披肩，笑容天真，一点点妆感也无，是女人最野性、最单纯、最招人疼爱的样子。

7.

想住阁楼啊。木头做的高脚阁楼，房间狭小，床上卧一床大红碎花布面棉被，家具寥寥。有楼梯，有天井，走廊两壁贴着暗色的烫金壁纸。穿老头汗衫和棉麻裤子，赤脚在地板上走，阳光透过琉璃窗户一晃一晃。四下无人。楼外是大片大片野蛮生长、气味潮湿的树。

像活在一口大水缸的缸底。

8.

清早八点起来，嘴巴头没得味道，腹中空荡，就开始想念火锅。火锅是每一个重庆崽儿的惯性思维，生于草莽、长于市井的重庆人，只关心毛肚烫没烫好、鸭肠是不是生抠、脑花粉不粉嫩、贡菜是不是软掉了。除此之外，山中并无新鲜事。

9.

她以前老不切实际地想，一定要死在热带，在明晃晃的毒辣日头下，浸润在动植物的沸腾喧嚣中死掉。非常形而上的美感。

现在越发觉得，自己会死在夜里的。黑夜太可怕了，静谧浓稠像一口痰，一不小心就能淹死她。她小心翼翼地走在悬崖边沿，姿态英勇也理直气壮地露着怯。

生活多么美好啊，人间真热闹！喂，再多活一天好不好？

Hi! How are you?

嗨，你好吗？

I'm fine. I'm lie. I'm dying inside.

我很好。我在撒谎。我的心正在死亡。

10.

冬天来了，洗干净脑壳，多吃点热汤热饭才是正经事。

11.

好不容易将喜欢过的人身上的特质消化成自己的东西。爱过太多人，导致现在的她变成了一个特别正常的矛盾体。

她爱钱，自私，乐于倾囊，贪婪成性，自我否定，狂妄无知，心绪卑劣，有时天真，性瘾，短期禁欲，喜欢港乐、刺青、脏话、廉价食物、首饰、布偶和乱七八糟的书，习惯随便跳上一辆车待上一整个下午。她活成了很多人，他们充斥在她脑海里乱序播放，以至她写出来的东西也大都不同，像一摊摊颜色不同的脓。

唯一不变的是抑郁和孤独。

她知道迟早有一天她会遇到一个脏兮兮、神情狼狈、兜里的钱只够买垃圾食品的小孩子，她会跟他一同唱歌、看书、喝水、做爱，然后生发出枝节，长成两棵拥抱在一起的泡桐，永远消失在人海里。

12.

写作是为了被别人遥远地爱着。

13.

"他妈的，你说她怎么减得了肥嘛。"那个卖烤红薯的娘娘就在那里，守着个黑黢黢的铁皮炉子，脸盆大的炉面上摆着一个个烤红薯, 甜滋滋、香喷喷、热乎乎, 一口咬下去, 就像跟全世界的柔软接吻。试想, 一个人衣着单薄、饥肠辘辘地走在冷风中, 突然看见这片荒芜中的绿洲, 她怎么可能视而不见嘛。希望相关部门好好整顿一下烤红薯这个行业, 简直就是强制消费。

14.

昆明傍晚大雨, 她浑身淋透, 风也厉害, 刀削斧砍地冷。从地铁口出来, 有阿婆在卖烤洋芋, 石蛋子那么大一个, 外皮烤到微微绽开, 焦黄色。鹅黄灯光下有撑伞的情侣在拥吻, 没有长头发的她裹紧了衣服埋头往前赶。想啃卤猪脑壳了, 想家了, 想看雪, 想做完爱安心抱着睡。

冬天太好了。

15.

都这个点了, 硬是睡不着。刷朋友圈, 里头有人在啃卤猪脑壳, 冰糖上的色, 淡金, 油汪汪、肥腻腻, 搅得人心神荡漾。翻身下床, 掏出仅有的半包小浣熊干脆面充饥。

16.

打心眼儿里佩服高调秀过恩爱, 分开了也保留着历史记录的人。他们的爱用力过猛, 姿态端然, 落落大方, 就像江湖儿女, 疾恶如仇, 爱憎分明, 错了就要认, 挨打要立正。

17.

宿舍楼下的除草师傅也太帅了吧：脏痞的深蓝色工装，解放鞋，微凸的油肚，叼根廉价香烟，持切割机的双手青筋暴起。想彬彬有礼地上前询问："你好，请问可以杀掉我吗？"

18.

一个感触：但凡看过点有深度的书，晓得毛姆、贾樟柯、希区柯克之辈的所谓文艺青年，总不免言语措辞带点刻薄。所谓文人相轻，在信息化时代愈演愈烈。文化常识变成划分鄙视链的有效工具。什么？你不晓得"茴"字有四种写法？绝交吧。

19.

世人最憨痴的一点在于他们自认特别，有一颗恰到好处的痣、在身体部位文上花瓣或者爱错了某个人，都成为他们自我标榜的方式。**其实人群不过是人的复数形式而已，爱与痛的种类也单调得很，每个人都在重复同一种生活，被同一种喜怒哀乐碾轧而过。**

20.

所谓恋爱，大抵是打着喜欢的旗号对另一个人实行暴力独裁，于施者、于受者都是一种变相折磨。但愿余生不要再陷入恋爱。

21.

酣睡是一种再好不过的蒙眬状态，像一块待发酵的面团，慢慢感知到身体变得蓬松柔软，滚烫明亮的一身汗。睡醒后整个人都没脾气了，瘫在被单上，情绪空空，脑袋空空，就很单纯地觉得满足。

22.

她所有游刃有余的措辞在面对突发事件或重大喜欢时都默契地噤声了。让她评价周杰伦，她说他很好啊。发了一场高烧，她说头好晕啊。而你要走了，她说，嗯，好吧。

喜欢和疾病一样，都让人变得好贫乏。

23.

北野武的镜头是很冷冽的。隐忍冗长的剧情，行进得像灯烛滴下来的摇曳黏稠的红油。寡言的人物、漫长的时间，大段留白间隙插入久石让的纯音乐，仿佛寂寂的冬夜里盛放着一小朵一小朵伶仃的烟火。

24.

昨晚做了一个很美的梦，刚刚突然想起来：王小波的《万寿寺》里，薛嵩杀掉那位艳绝的女刺客，将她的头颅高高挂起。头颅被麻绳拴住，升上树梢，用口型央求红线给予最后的亲吻。她代替迟疑不决的苗族小姑娘，踮起脚，给了她一个吻。

25.

去市区，见着许多陌生人——街边卖艳丽气球的衰败老人，瘸了一条腿的中年汉子，整容过度的年轻妈妈，成群结队的环卫工人。拉拉杂杂的幸与不幸，交汇成生活这条肮脏河流。刚从医院出来的她，从老人那里买了一串廉价气球，送给沿途的小崽子们，祝他们都过得好。

26.

想告诉大家：这个世界变得复杂就是因为我们习惯于猜测引申意义。麻烦大家都简单一点，爱就是爱，痛就是痛，饿了就是饿了，唯物一点，草莽一点，雷厉风行一点，喜欢就恋爱，不爱就分手。

27.

上学途中看见一辆黑色磨砂外壳的摩托车，想起它已经蜷伏在原地多日了，却没有落灰。就想，会不会她们下意识认定没有人为操作的机械设备就只能停在原地的假想是错误的？会不会某个凌晨将她们吵醒的巨大轰鸣，是来自一辆刚刚失恋的流泪的摩托车？

28.

遇到四个小孩子和老人。

一个梳着童花头，穿红色吊带裙，笑嘻嘻地蹲下来捉外婆凉鞋上
的花朵，露出一截细腻嫩白的小腿。一个噙着一汪泪，背蓝色卡
通书包，低垂着头，不情愿地跟在妈妈身后。一个在四十摄氏度
的天气里，穿旧黑色绒鞋、长衣长裤，背一筐菜，脸上沟壑纵横，
瘦得只剩一层皮，拉着她问去县城菜市场往哪里走。一个抱着一
把不知道是什么的乐器，戴顶破帽子站在小巷子里唱歌，借此向
围观的人们讨钱，歌声含混、凄恸。

很想知道他们的老年和幼年分别是怎样的。她喜欢揣测陌生人的
人生，像看到一个个行走的逗号，天性使然想替他们把句子写完。

29.

**无趣之人的幽默总是在"性""鄙视链""刻板印象"这几个大概
念的夹缝里生存。**

30.

老教授在讲台上絮叨爱欲嗔痴贪，她坐在下头迷迷瞪瞪地想念南
都的牛肉锅盔。去年这个时候，也是一个人，左手烧仙草，右手
锅盔，边走边吃。肉汁掺杂着辣子，外壳焦黄脆韧，一口咬下去，
油滋滋冒出来，糊了她满脸。

二十岁的大姑娘，油腻八叉又找不到纸，狼狈得穷形尽相，路边
的冬樱比她端庄一千倍。

啊，端庄，端庄顶个屎用，她还要吃锅盔。

下课就去吃。

31.

昆明的秋天是清清明明的：鸦青的天空没有一丝云，白净肉感的太阳就这么垂直地打下来，银杏劈头盖脸地落叶，在地上积起了层层叠叠。风一吹，所有的树猎猎摇曳，爽脆的声响仿佛午夜摊点上经受爆炒的小海鲜。啊，昆明，昆明太好了。

32.

收到一个小孩儿的私信："非常喜欢你，极端那种，想把你藏起来谁都找不见，永永远远。"就想起两年前有个男人咬牙切齿地对她说："你要是爱上别人，我就杀了你。"

她说："嗯，好，我也是。"

那时候觉得恋爱是一把尖刀，仰头抵着喉咙宣誓，谁反悔了就理所应当地杀死彼此。永远用力过猛，永远图穷匕见。

后来她就走了。再后来，他空荡荡的空间里有了女孩子的照片。

那阵子的年少轻狂，兑进啤酒里，寂寂地一饮而尽，双方都默契地没有再提。嗯，生活总会把他们曾经的偏激都打磨好，包裹在柔软里，附送给对的人。

33.

价值观异化是一个漫长的过程，一个人得有多堕落，才能如此问心无愧地在别人新鲜撕裂的伤口上撒上群嘲。后来我们没有热血了，也无所谓正义，想要搏出位就要做最突出的乌合之众，或者无脑地站在乌合之众的对立面。

没有胆量和共情的人，就安分守己地蜷缩在黑暗里，聊聊人生理想和星座天气。

34.

倏忽想起跟他去大理旅行，他去客栈里拿钥匙，她站在小巷里等他。巷口有座教堂，尖尖的顶，破败的墙面上用红色油漆刷着《圣经》里那段著名的话：

"爱是恒久忍耐，又有恩慈；爱是不嫉妒，爱是不自夸，不张狂，不做害羞的事，不求自己的益处，不轻易发怒，不计算人的恶，不喜欢不义，只喜欢真理；凡事包容，凡事相信，凡事盼望，凡事忍耐。爱是永不止息。"

驻足了一会儿，越看越觉得美。

他匆匆跑来，咧嘴笑着唤她上车，长长的腿撑着车身，像只心情

愉悦的鹤。她想跟他念一遍那些话，但是想了想，只是把下巴靠
在他肩上，什么都没说。

35.

在回宿舍的路上，有大片银杏叶坠下来，洋洋洒洒，一地焦黄。
天空是刚洗过的那种蓝，像大海倒扣下来，洁净异常。她穿着新
买的小熊绒裤，边走边漫不经心地舔一根鸡蛋牛奶味的雪糕。脚
步越走越轻快，到最后觉得自己简直快要变成一只小动物奔跑起
来了。

36.

她每次因自己的一点点拨优而喜不自胜的时候，总有那么一个人
突然冒出来，告诉她这世上还有好多超纲的知识要啃、好多未知
的有趣要见，让她晓得自己跟真正优秀的那一小撮人还隔着楚河
汉界。

二十一岁的某一天，把自负和野心掺着劣质啤酒，一饮而尽。不
过，被捶也没关系，这世界本来就是一根巨大的鞭子，而她是陀
螺，它让她痛，也让她动。

37.

陈粒的歌里，她最喜欢的是 *I'm coming to Beijing*。她的声音里
有一种生猛的慵懒，性感，又区别于一般的软媚，近乎巫，潮湿

暗哑，烧得人耳朵通红。

38.

二○○几年的时候看《知音》，上面刊载着关于杨丽娟的大篇幅报道，彼时她觉得匪夷所思：这世界上怎么会有人甘愿为了一个毫无交集的陌生异性赴汤蹈火、义无反顾呢？

而今她也长到了杨的年纪，也听《来生缘》，也看《无间道》，隔着十来年的悠悠岁月，照样被刘德华惊艳得五迷三道。别说竖一个五米高的人像牌在家里了，她愿意牺牲这辈子所有的孽缘，换华仔对她专注地哼出一个妙曼的鼻音。

嗐，哪儿的黄土不埋人哪？

39.

她是很欣赏柴静的，觉得同为新闻人，柴静善良亲切，自由，爱冒险。她是一九七六年生的，将将大她二十岁。每次想起柴静因而感到挫败的时候，她都安慰自己，没关系，你还有二十年时间成为柴静。

后来她发现，阅历跟心理年龄和自身能力根本就不是正比关系，它甚至会挫掉一个人的锐气，一点一点拔光他们身上的逆鳞。后来她慢慢不去想要成为某个人这回事了，因为渐渐地，开始有人告诉她，自己有多想成为她。

以后我们就会知道，人们不能蜕化变质成任何人，能也只能成为我们自己。

更好的、更坏的，更生猛、更懦弱，更反叛、更驯顺，更皈依内心走势的，自己。

40.

上大学之后她才明白，美可以是提前一个小时起床化的妆，是逛了三天逛到一瓶青草味的香水，是洗得干干净净、熨烫平整的好些旧衣服，是衔着筷子对着镜子练习八颗牙的微笑。现实生活中的美是具体而流动的，而大多数人把考量标准误判在了僵化而刻意的美颜相机里。

41.

交流本质上挺玄学的。你们一起学习每个词的基础含义，又泼泼撒撒地各走野路子去学习引申意义，再将其编码，制作成一套精妙完全的表达系统。但在你发射出去某句话时，你无法得知对方的系统里对这句话是如何定义的，这定义由他的社会经验、道德准则和个人体会组成，是你触碰不到的玻璃罩。所以世人常说最罕见的是理解。她还记得迄今为止人生中绝妙的一个瞬间，是初一那年有个男生上台讲了一个极隐晦的情色笑话，全班六七十个人面面相觑，只有台下的她附和他笑出了眼泪。人不是千人一面的无趣种群，这个群体龟裂成无数的小部落，分散天涯，唯有理解让他们沿着语言的绳索摸寻到同类。

42.

张爱玲写情感桥段，像文人吃蟹，旁敲侧击，慢条斯理，吃干抹净，极细致，又敏感得仿佛害了病的牙龈。

43.

学校附近的水果小店，人声鼎沸，熙熙攘攘。喧闹中店家的小崽子睡着了，眯了眼睛栽倒在乳白色绒袄里，像粒化了一半的奶糖。

44.

一九九三年的一部法国电影——《芳芳》。男主角因为想要永葆恋爱的新鲜期，下定决心一辈子追求女主而不与其发生关系，兜兜转转，徘徊往返。

"这样我就永远不会离开你了。"他说。

人们似乎认为，肉就意味着早衰，灵则象征久远。越了那个界，两性关系就变成了反比例函数。但这种拙劣的维持方法好比拴在驴面前的那根胡萝卜，看上去的确走了很长的路，本质也是欲望在驱使。

驴什么都不知道，它只想要胡萝卜。

45.

过于极端的暗恋，大多数是叶公好龙。

46.

这几天没怎么输出，一直在看书、看报、看电影。发现那句烂大街的"好看的皮囊千篇一律"是个彻头彻尾的谎言，伶俐且有趣的人，真的不会丑到哪里去。五官的天然拼凑重要性次于美学立场和个人定位。**但她不羡慕他们，因为他们总瞧不见自身的好，总是忙着否定和戕害自己。人人哀而平等。**

47.

宿舍熄灯，无他人。她戴着墨镜看莫泊桑、听张悬。窗外下雨了。还没有吃饭。很久没有做爱。觉得世界干净，冷冽清澈，全是浮动着的肉眼可见的小聪明。她一眼看穿了他们的把戏，把脚浸在臆想出的河水里。

一个人的世界太好，真正的孤立无援、天外飞仙。

48.

她有很多喜欢的写手，有广为人知的，有默默无名的，她每天都会去看望他们，看望他们又淌出了什么颜色的灵魂。她会刻意模糊掉他们的性别、年龄、面貌，把一切具象而限定的框架割掉。在那种状态的审视下，他们得以成为他们自己，成为他们独有的所见所爱、所感所经历，成为他们真正的有洞见的刻薄与犀利。

49.

独自一人住在酒店的小房间里，洗过澡，买了紫米热饮和书，散着湿漉漉的刘海儿斜躺在床上边啜边看，四下静极了，偶有飞机掠过天际的气流声。今天是被神眷顾的日子，连房间号尾数都是7。

50.

傍晚路过残破的小吃街，一只猫，伫立在中央，漂亮得一脸坦荡。她蹲下身招手，它跑过来，尾巴竖立，戒备又惬意地任她肆虐。刚刚经过清冷的校门，它又蹿出来，大摇大摆跟随着她不肯走。她拿出肉松饼喂它、揉它、抱它，试图把它卷入怀里。它不肯，也只是轻轻地挣扎，轻轻地跃出。她们沉默着走了一路，在昆明气温骤降的寒夜里，在空无一人的街道旁。猫太好了，真的。浮生不如猫。

51.

看二〇〇三版话剧《恋爱的犀牛》，有点领略到段奕宏的性感了。人在最快乐的时刻，脸上的神情是一片茫然。

52.

大家都没什么高兴的事，只是有的人在意，有的人不在意。

53.

南门曾经有一小爿店面专卖饺子，馅儿除白菜韭菜猪肉外，还有素三丁，是春笋、豆干和香菇末儿和的。饺子皮薄而韧，在沸水里浮沉三遭，出锅时近半透明，犹盖琵琶半遮面地好看。她爱拿饺子就醋吃，清清浅浅地一蘸，爽脆柔韧有嚼劲，还泛着新鲜的酸。十五六个下肚，一抹嘴，腆着肚子颠颠儿地走出门去，要是有阳光恰如其分地匀在脸上，你会觉得世界太好了，真的，整个人温柔得像一摊奶油。

54.

前阵子看纪录片，驻扎在海上的渔民几口自海里讨生活，漂荡着生，漂荡着去。无孔不入的海风把人腌渍透了，外表黝黑皮实，黑黢黢的船舱里，中年夫妇俩趴在竹床上，看泛了雪花的电视。

捕的是鱼，吃的是鱼，饲养起来的也是鱼。对立面是鱼，共同体是鱼，勾连不断的亲密联结也是鱼。

傍晚下了雨，雨水掷地有声地砸在船的骨节上，又顺流而下，跟洋流融为一体。小孩子颠颠儿地在水边跑，再长大一些，就可以自如地游进海里去，像鱼。

片子末尾，老师说，太平淡了，没有戏剧性的冲突，也没有挣扎，连台词都很少，要表达的意向不明。可她觉得刚刚好。

这种逆来顺受、隐忍不发、细碎平庸，就是对生活最纯粹的表达和致敬。

55.

每次崩溃到想大哭的时候就会想起前些年的某天，奶奶倚在床沿，在鹅黄的灯光下，耷拉着眼皮跟她讲："不要对自己要求太高，我只希望你健健康康、平平安安的。真的，一辈子这样，已经很好了。"

人不过是挣扎于死与生之间的造物，苟活于琐事堆砌而成的日常里，琐事喂养我们，也要我们的命。

56.

在想，可能因为宋冬野，她开启对高、大、胖的择偶执念。高个儿男孩子，能吃，脸圆，肚腩有肉，胳膊像藕节，一戳一个窝，冬天并肩走在路上，走冷了能整个人陷进他身体里。他是慈悲，是饶恕，是市井，是永不溃堤的砖墙。

57.

《不能承受的生命之轻》里有这么一段，男人的妻子因忌妒和宣示主权的企图命令其情妇脱掉衣服，给她拍裸照。待她肉身完全暴露后，妻子却感到眩晕，她觉得动人，隐约受到一种美感的召唤。情妇在给她拍照时也有同感。这让她想起伍迪·艾伦的《午夜巴塞罗那》，大体情节忘了，只记得斯嘉丽·约翰逊饰演的尤物跟同样美艳的佩内洛普·克鲁兹在争风吃醋的过程中，不可避免地被对方吸引，之后热吻。这不是情感的错付，而是对绝对美感的臣服。她也常常受到这种降临式视觉冲击的蛊惑，但没有肉欲，也没有自惭形秽，只是觉得美。心理性别是一种流动的概念。

58.

小区楼下新开了家羊肉米粉店，好吃得很，煮粉的娘娘垮着个脸，把粉一扯，往高汤头甩，捞肉片，撒酸菜、芫荽镇腥气。莽粗粗端上来，一副你爱吃不吃的架势。收银小妹妹梳个齐刘海儿，跷起脚听《玫瑰花的葬礼》。米粉软糯弹牙，羊肉薄而有嚼劲，一筷子粉配一个干海椒，爽气淋漓。后头还有客人要来，遭娘娘一嗓子吼了回去："不卖了不卖了！哎呀！今天老板吃酒！提前下班！"

59.

县城有个十年如一日叫卖小吃的老头儿，声音粗大、洪亮，嗓音一洒，烈酒似的回味悠长。他那句蛛丝一样的"麻辣——豆腐"，她从个位数的年岁听到现在，打最初的想吃零嘴儿的兴高采烈到如今的心安。住在小城最大的好处就是，你认得它的指纹、它的触角，它一寸一寸向上生长的筋络和它所有蒸腾葱郁的草木，你都晓得。驻扎生根是一种相互作用力，不管你被生活虐成什么屌样，它也照样认得你。

60.

每个人血液里都有兽性，而这兽性分很多种。党而不群者为狼狈，有洞见刻薄者为秃鹫，更多人是驯顺而不自知的羔羊。她就不一样了，她是小蛤蟆，一戳一蹦跶。

61.

今天去吃骨头汤，等热汤煮饭的间隙蹲在地上逗小狗。胖嘟嘟的小土狗，浑圆毛软，一揪一团肉，她简直爱不释手。老板说："随便养养嘛，养着好玩儿。"这话她太喜欢了。她一直把自己视作小孩儿的原因就在于孩童和小动物可以被毫无理由、毫无期待地爱着。

62.

吴贻弓老先生在上海国际电影节上的获奖致辞：

"世界曾经或者可能是这样的，人生应该或者不必是那样的，这就是我心目中的电影。"

阅读也是一样的道理。

隔着薄薄的纸张，你能看到针砭、踩踏、思辨、谈笑、褒奖。

你品咂故事，体谅生活，伸手触碰更高维度的理想。

周遭的人同你一样，都在循环往复着灰头土脸的生活，日复一日被世俗压力阉割。

但翻看书的一刹那，你可以纵身一跃，融进光的海洋。

63.

昆明入了冬，一落雨，雾气蔓延，白蒙蒙的从山上铺天盖地扣下来，像蒸笼刚揭开那阵子扑鼻浓郁的水汽，但是截然不同的温度，寒意不动声色浸到人骨子里，仿佛一盆水当头浇下来，越走，越凉。裹紧了围巾，风还是拧着往里钻，于是妥协似的把头埋得更低，匆匆地赶。路还长，天越发冷了，她孤身一人，告诫自己不要被任何人牵绊。

64.

不说祝福话语是因为她感受不到过年气氛。她的仪式感是奶奶煮的油泼辣子酸汤面，汤头酸辣咸鲜，面条半个指头宽，厚而韧，辣椒末子浮在面上作为铺盖。满满一海碗端在手里，用筷子胡乱搅拌，搅到你口水滴答、馋虫乱窜才可以吃。烫，非常烫，嘴里是火，顺着食道滚下去，滚成星火燎原的暖，吃得额头渗出汗。那才是她的年。

65.

每当看到有人即将踏入一段恋情，变得惶惑、踟蹰、自我怀疑时，就想起《月亮和六便士》里那个小裁缝的妻子第一次见到思特里克兰德时的神情，坐立不安，如临大敌，最后还是被他的人格魅力击垮，拜倒在其牛仔裤下。王菲的《开到荼蘼》里唱着，每一个人，遇见所爱的人，都心有余悸。就想，**爱是极度恐惧，是溃不成军的一摊烂泥，是唯恐将我零落成泥碾作尘，都伺候不好你。**

66.

在楼道里遇到邻居一家子，小孩短发圆脸，裹件绒袄，走得趔趔趄趄。她去摸摸他细碎柔软的头发，他抬头见是她，没吭声，含着大拇指继续走。到了家门口，他钻进去，没多久又露出几根胖胖的手指，冲她晃晃悠悠地摆。她也很高兴，中气十足地朝着那头喊："拜拜啊！拜拜！"

67.

看《十三邀》，觉得许知远是个赤子，挖坑笨拙，戏剧冲突笨拙，情绪思考白纸黑字抄在脸上，不像马东，刺刀上都扎着蝴蝶结。问他喜欢罗振宇吗，他歪着脑袋，顿了几秒，说："喜欢。"大伙儿就笑，说："你喜欢怎么还打吨儿啊？"她笑不出来，她知道他很认真地在想。

68.

李娟的文字是真诚的，这真诚在当今泥沙俱下的文坛里很少见。她写沙漠，写骆驼，写热寂的人间烟火，写怎么也写不穷尽的她的阿勒泰。她保有生而为人对世事原始的新奇与清澈。

69.

汪曾祺写的故事，清散而不乱，粗看并无雕饰，实际每一个字都经过斟酌。他笔下的小人物，无心机、少俗念，都是小乐趣，都有真性情。这种把生活掰开了揉碎了找乐子的能力是顶重要的。有人说他写文章淡，她觉得不算，越简朴的字，越源自扎实的洞察力，惊雷暗藏不破，闪电隐约在喉。

70.

假期绝大部分时间是独自在家，空旷的房间，空旷的阳光，空旷的水和空气。一床被子，一部手机，一本书，感谢网络，足不出户也能汲取好艺术。偶尔喂鱼，下午五点进食。一个人住怎么这么好啊！一个人看电影到凌晨三四点，然后站在落地窗前，看天色一点一点亮起来，浓妆艳抹的小镇卸了妆，又恢复质朴、洁净。就觉得好，这一刻死掉也心无旁骛的好。独居即自由，自由即礼物。

71.

陪奶奶和她的朋友们打牌，赢了八块五。有个婆婆一个人输，五毛钱的底，输了四十多块，痛不欲生。她偷偷把一张五块钱挪到她那边去，看她小心翼翼地把钱扒拉进荷包里，颇为隐秘地高兴着，以为这个破绽除了自己谁都不晓得。

72.

小女孩儿不是不被爱，只是你我不是那一个。

73.

今年她二十一岁，三十年后她五十一岁，六十年后她八十一岁。
二十一岁的某天她失去了你，所以直到八十一岁她都不会再跟你
有任何交集。空旷明亮的六十年，所有黏稠的、疏朗的关系，所
有起承转合的心绪，都没有你。就想起曾看过的余秋雨的那段话：
"两只蚂蚁相遇，只是彼此碰了一下触须就向相反方向爬去。爬了
很久之后突然都感到遗憾，在这样广大的时空中，体形如此微小
的同类不期而遇，可是我们竟没有彼此拥抱一下。"

74.

跟友人聊天，关于近来的一些事。他说："我害怕没有那么蠢的都
变坏了，而真正蠢的人，就真的蠢了。"

她说："变坏是另一种意义层面的愚蠢。"

75.

两岁半的小孩儿也太好玩儿了吧：穿件瓢虫外套，帽子上耷拉着
两根触角。从背后把他脑袋用帽子罩住，他就气急败坏地原地打
转，一边转一边奶声奶气地喊："哪个？！哪个？！"不松手，他
就哭，痛痛快快地掉泪花儿，鼻涕糊了满脸。你拿出一包薯片，

他不哭了，巴巴地望着你，你问他错没，他说"错了"。你问他为什么错，他一边剥包装袋，一边嘟囔"错了"。

76.

后来才发现，<u>温柔和知足常乐这类能力是在一开始就定型的，良好的家庭氛围、充足的食物和晴暖的人际关系，给予了足量的安全感。</u>而生在扭曲家庭环境里的小孩子，在精神层面永远是残疾的，他的一生，无论多么优渥、多么受宠爱，永远处在跟焦虑、惶惑、自卑、不安等负面情绪作战的阶段。

77.

人最重要的能力，一是审美，二是想象力。前者让生活得以成为不断深度发掘的矿藏，后者纵容人们在虚妄的快乐里，信马由缰。

78.

写字久了，越发察觉到，根本没有"歇息"这一说法。遣词造句的能力好比养一把剑，见一次血才越快一次，高手都是朝朝闻鸡起舞，方能凭借寸劲杀人。

79.

看周濂，他在书里讲，有个学生给他写信，结尾感慨"谢谢您注意到我这个大学里的 nobody"。于她而言，成为 nobody 是一件很棒的事，有人关注之后，人的言辞和行径都会在一定程度上变形。被注意的时候她只能是人，无人观望的时候，她可以是美酒，是琥珀，是落雨，是星辰。

80.

爱人不持久不是病，害怕产生依赖感才是。像她这种安全感匮乏的惯犯，是绝不会彻底把自己交付出去的。无关风月与用情，只是本能反应。像鹿在河边饮水，小心翼翼俯下身去，啜得再投入、喉头再干渴，蹄足所向永远与河流背离。

81.

刘亮程是她最喜欢的作家之一，他从没让她失望过，一次也没有。他笔下的人物有茎有叶，风雨有实体，每一个字都饱蘸着草木腥气，滂沱而下，又升腾而起。看他的书，会想起海子那句"珍惜黄昏的村庄，珍惜雨水的村庄，万里无云如同我永恒的悲伤"。

82.

现代人越发擅长倚弱卖弱，发觉自己身处下风，便大肆展示自身的虚弱，博取同情顺便攫取弱者的一些特权。不要沉浸在这种近似自残的虚妄快感里，要理性，要善良，要强壮。

83.

应该去讲一些高兴的事，让日子还有理由得以为继，像早春的花、浮动的光影和街边晒太阳的狗。应该去相信小学课本里试图让人们去皈依的东西，譬如爱、理想、正义。跌跌撞撞去找寻，手指太轻，捉又捉不住，只好一屁股坐在地上，望着远去的列车号啕大哭。孩提时代太过相信美好，长大了反而成为人群中的怪物，人真是，奇怪透了。

84.

取快递的中途几乎被一阵风撞倒，它们太过肥胖，擦肩而过的时候透明的脂肪快要把她的脸挤变形。风里的人们只有两种选择：对峙或承受。对峙的人们仰起头被崩塌的风砸得摇摇欲坠，承受的人们脚步凌乱像在跳一支怪异舞蹈。风是世间最无厘头的摇滚乐。

85.

廖凡的脸是侵略性的，如同他诠释过的每一个角色，戾气深重，分化极端，沉默或者暴烈。也是这类男人，有种迷人浸在骨子里，克己又好看。别人一年四季轮换，他只是冬天，步履蹒跚，裤脚泥泞，人到中年，依旧知爱不知命。

86.

太阳底下，俩小孩儿，在玩一把椅子。很常见的椅子，四四方方，脚柱子掉了些清漆。他们把它推在地上，笨拙又快活地骑在上面摇晃，笑容闪闪发亮。就想，小孩儿多好，对人世的触碰非常敏感，可以为一件不起眼的小事大笑不止，也可以毫无预兆地痛哭

失声。身边的好多人都长大了，她还没有，还是愿意为鸡零狗碎
的琐事大笑大哭。她不着急，这个世界又不缺大人。

87.

昆明很大，风也大，花也大，鸟叫声也大。是天真原始的美，天
上全是胖大洁白的云，天气耿直，晴就朗晴，雨就骤雨，闪电就
天打雷劈。不像重庆，雾气沉沉，像一辆年久失修的洒水车，来
来回回播放同一首通俗儿歌。

88.

天空亮得像块玻璃地板，高处飞着巨大的白色的鸟，巨鸟一直掉
毛，堆积成云朵，她趴在这堆绒毛里，轻轻飘飘睡着了。

89.

也不是不想恋爱，只是再也没有人让她生发出"非他不可"的感
觉，好像大家都是半路上偶然碰到的人，客客气气，照应着，物
质、体温、性，支援着。**她渴望醉里挑灯看剑，溟蒙中有火光，
夜色被那个人点亮。**

90.

可视范围右上角的姑娘，目测九十斤左右，长发大波浪，神清气
爽地边准备听课记笔记边浅啜食堂卖的热咖啡。反观自己，开学
快两个月终于第二次来上这门课，骂骂咧咧，泪眼朦胧，口红都

来不及涂。做人太难了，真的，她不行。她只是个奶油泡芙。

91.

人只会死一次吗？不是吧。她经常死，而且很容易就死掉了。割开动脉的刀片有时候是一个人、一次道别、一句锋利的话。她看着自己倒在透明的血泊中，又扶着透明的墙壁站起来，一次又一次，周遭无人。痛苦和麻木哪一种状态更加值得去选择呢？以前她毫不迟疑地选择前者，现在她不确定了。

92.

换季的时候背上长了湿疹，硬币大小的圆圆一块，之后在对应的部位又长出来，室友说对称性是湿疹的病理。买了很烈的药，棕褐色液体涂在皮肤上，像热油在刀刃上滚，隔了很久还是疼，闭上眼睛细致抚摩这种疼，那两块地方越发鼓胀，像是快要长出翅膀。

93.

昆明降温了。一些风把另一些风摁在窗棂上打，发出哐啷啷的声响。她打开窗户，把那些处于弱势的风放进来，它们涌进她的怀里瑟瑟发抖。她开始觉得冷。

94.

有个男孩子给她发来吉他弹唱的视频，上身赤裸。朦胧中，可以看到他脸颊的酒窝、上扬的唇角和肌肉的轮廓。突然她一下子感觉夏天到了，每年夏天都是一模一样的溽热和聒噪，茂盛坦荡的阳光，扬起的灰尘与裙摆，肉体跟汗水同等闪亮。

95.

看完《恶女花魁》，心里潮湿、温暖，与结局惨淡的《被嫌弃的松子的一生》对比，徒生感慨，仅靠啮噬爱意为生的人，这一生都不会太好过。

96.

上完晚自习抱着书回宿舍。下午落了一场雨，天边挂着两弯虹。有清浅的桂花香气，浮在影影绰绰的夜色里。人走在路上，像活在水底，四周都是晕开的光影，路灯照射下的树叶是几近透明的绿。行人零落，都默契地沉默不语。太美了。边走边低着头笑。今天没有抽烟。

97.

在地铁上，透过对面窗玻璃看着太阳。一直望着，时间久了，周遭的景色变得好暗，太阳的轮廓从晦暗里挣扎出来，高频率地在她眼珠里忽闪。世界像只黑狗，土壤变成赤红色，手腕有血。邻座的男孩子看她泪流满面。

98.

人这一辈子是无法跟故土撇清关系的，想都不要想。从县城生长出来的娃娃们，跟从都市土壤里生发出来的灵魂截然不同，一半腥臭，一半甜美，且易碎。贾樟柯镜头里他的汾阳无处不在，刘亮程珍惜雨水和黄昏的村庄，**故乡不干涉我们，只静静溺在我们的骨血里**。

99.

喜欢肥胖的男孩儿、有痘印的男孩儿、微微口吃的男孩儿。喜欢过于害羞的男孩儿。缺点是影子，有了影子才有真气。完美男孩像各个地方的著名景点，漂亮、笃定，不容置疑，到那里的原因仅仅是说服自己来过这个地方以后就没必要再来。

100.

她才二十一岁，她不赶时间，她愿意被你浪费。

后记

你的猫尝起来是甜的

在我心目中一直属于热带城市的重庆几乎不下雪，不过这不妨碍我喜欢冬天，就像摸不到闻不到把玩不到月亮，但它依然是世界上我最喜欢的东西。

执念就是这样毫无理性可言。

两年前的某个清晨，五点钟，宿舍的灯亮起来，室友窸窸窣窣地在床上蠕动、翻滚，最终无可奈何地爬起来。

整个专业的学生都要去省电视台作为观众录节目。在那之前我没去过电视台，但事实证明那里跟我猜测的如出一辙——把自己打扮得体面的大人，在一个呵欠连天的清早，对着镜头，字斟句酌地讲一些完全正确的废话。

我们充当镜头下的人群背景，听完这一场就可以去后台领一荤两素的盒饭。干煸四季豆炸得有些煳了，豆芽里的水分渗透出来，肉片因为过快地冷掉，开始发腥。

那天我照例凌晨三点钟才睡，两个小时后根本起不来。室友从帘子下面伸出手来拍我的头，拍了四五六七八下我才醒，穿着秋衣秋裤惺忪地拉开帘子一看，窗外竟然在下雪。

那瞬间没觉得惊讶，空气冷得出奇，睡意黏稠到给我一百万元让我稳住我还是会义无反顾睡下去。整个世界都是我的大脑，冰冷，迟缓，恍惚。

但我终归是硬生生起来了，这需要感谢多年的集体主义精神。困出一脸的泪，把柜子里所有的厚衣服加在自己身上，还戴了顶毛线帽子，丑丑的。上了车一看，全专业每个人都瘫软成一坨橡皮泥。

那天是我生命里非常重要的一天。

它被我当作冬天的参照系，于是之后的每天，我只要睡过五点，就隐隐约约感觉到幸福。

有时候觉得日子太平淡了，还会故意把闹钟设在冬夜的清晨五点，假装自己嗖地一下从那天穿越过来，却躺在平行时空的温暖被窝里，是最最幸福的人类体验。

今年赶在冬天来临之前谈了一场很棒的恋爱，即使每天都独自在自习室备考也觉得还好。

刚刚收到他寄过来的漫画绘本，讲的是一些鱼的故事。书里有条横陈在砧板上的鲑鱼跟搁置一旁的菜刀说："本以为这一生安分守己，就可以善始善终。"菜刀回复说："你长得这么肥硕，不该有善始善终的想法。"

于是，书这边的我像傻瓜网友一样又哈哈笑了半天。

打开积尘已久的邮箱，里面躺着一封九月份寄来的信件，末尾写着"可乐，你说这个冬天我会好起来吗"。

现在我可以回复说，当然会了，因为我都已经好起来了呀。

吃完消夜，回宿舍的路上听见校园电台在放《关于郑州的记忆》，拿着牛肉锅盔站在路边，有点后悔没带烟。上次一个人站在路边听歌，是刚开始写这本书的时候，转眼，写下的这些文字已经陪我走过了许多个季节。

它们还会继续陪着我，因为书里有十七岁到二十二岁的我，被自我怀疑和孤独感侵蚀、想着干脆倒在地上不爬起来、对整个世界说不要就不要了的我，和被陌生的善意打动、一点一点清理掉身上负能量的皮屑、在没人看见的地方又挣扎着站起来的我。写下这本书，不仅是为了分享和唤起共情，更是为了记录走过的这一段，提醒自己在艰难的关头记得笑着往回看。

曾经生活苦涩，无人陪伴，曾经也想变成一只猫远远地离开，不需要任何人也可以骄傲、开心，可以在冬天满足地晒太阳。渐渐地，随着身体的长大，苦涩发酵、解体，心里的猫咪被浸泡得软绵绵的，毛发舔起来甜丝丝的。于是，我生出了接近人群的念头。

没有一个小孩子是真正无忧无虑长大的，每个人都会遇到很多道坎，被惊扰，被击溃，倒下去又爬起来，学着理性、克制，有信仰，从活得一团混沌的小动物成长为当下的我们。

在这个又好又免费的季节，只有爬起来，才能发觉这世界音乐萦绕，人们通体柔软，而所有的猫全部变甜。

上帝设定四季，是为了让人们在春天唱歌，在夏天奔跑，在秋天喝酒，而冬天，提供场景让人们热乎乎地彼此拥抱。

喏，给你一个拥抱。

图书在版编目（CIP）数据

你的猫尝起来是甜的 / 田可乐著. — 北京：北京
联合出版公司，2019.2
ISBN 978-7-5596-2845-9

Ⅰ. ①你… Ⅱ. ①田… Ⅲ. ①随笔－作品集－中国－
当代 Ⅳ. ①I267.1

中国版本图书馆CIP数据核字（2018）第273207号

你的猫尝起来是甜的

作　　者：田可乐
责任编辑：牛炜征
特约编辑：贾小敏　丛龙艳
产品经理：穆　晨

- -

北京联合出版公司出版
（北京市西城区德外大街83号楼9层　100088）
北京联合天畅文化传播公司发行
天津光之彩印刷有限公司印刷　新华书店经销
字数130千字　880毫米×1230毫米　1/32　印张9
2019年2月第1版　2019年2月第1次印刷
ISBN 978-7-5596-2845-9
定价：45.00元

- -